읽기만 했던 당신,
이제 쓸 차례다

쫄지마
책쓰기

쫄지마 책쓰기

초판인쇄	2019년 12월 26일
초판발행	2019년 12월 31일
지은이	임시완 박비주
발행인	조현수
펴낸곳	도서출판 더로드
마케팅	이동호
IT 마케팅	신성웅
디자인 디렉터	오종국 Design CREO
ADD	경기도 고양시 일산동구 백석2동 1301-2 넥스빌오피스텔 704호
전화	031-925-5366~7
팩스	031-925-5368
이메일	provence70@naver.com
등록번호	제2016-000126호
등록	제2015-000135호
ISBN	979-11-6338-054-2 03810

정가 13,800원

읽기만 했던 당신,
이제 쓸 차례다

쫄 지 마
책 쓰 기

임시완 X 박비주 지음

도서
출판 **더 로 드**
The Road Books

"책은 또 하나의 돈벌이 수단이 아니라 자신의
값어치를 높이는 일임을 마음에 담아라"

흔히 세상을 움직이는 것은 돈이라고 말한다.

인구의 단 몇 퍼센트 밖에 안되는 기업과 부자들이 그들의 자금으로 세상을 움직이고, 시대의 흐름을 만들어낸다고 알고 있다. 하지만 저자의 의견은 조금 다르다.

사람과 산업이 세상에 물결을 일으키는 것은 사실이지만 그들의 '돈'이 아닌 그들의 '가치'가 바로 물결을 일으키는 주역이다. 돈과 가치가 같은 말 아닌가 헷갈린다면 간단한 예를 들어보겠다.

여러분이 배가 고플 때 무엇을 떠올리는지 생각해보자. '좋은 메뉴와 맛집의 이름'을 떠올리는가? 아니면 '5만 원 값어치의 식사'를 떠올리는가? 같은 가격인 5만 원이라도 '평범한 동네 식당에서 가장 비싼 메뉴'를 먹을 것인가, '고급 레스토랑에서 가장 저렴한 와인'

을 마실 것인가라는 고민을 비교해보라. '돈'은 처한 상황에 따라 달라지고 지내온 환경으로 인해 주관적 가치가 매겨진 측정 수치일 뿐이다.

또 한가지 예를 더 살펴보자. 많은 취준생이 좋은 대학을 선호하는 이유가 무엇인가? 단순히 많은 연봉을 주는 대기업에 들어가고 싶어서일까? 언제든 많은 연봉을 받을 수 있는 자신의 가치를 만들기 위해서인가? 만약 생각해낸 답이 전자에 속한다면 그 많은 대기업 신입직원들이 왜 얼마 가지 않아 이직이나 퇴직을 하는 것일까. 연봉 5천만 원으로도 직장에서 그들이 해내는 일만큼의 값어치를 채워주지 못했기 때문이다. 직장에서 보수가 높아지기를, 국가의 복지정책이 더 좋아지기를 기다리는 것은 이제 무의미하다. 그것은 개인의 능력 밖의 일이다. 외부의 환경이 자신에게 맞추어 변화하길 기다리는 것이 아니라 자신이 먼저 나서야 한다. 나의 문제는 자신이 가장 잘 해결할 수 있다. 자신의 문제가 만약 경제적 문제라면 먼저 더 많은 수익을 내는 방법을 찾고, 실행한 다음 정책이나 주위 환경을 살펴야 한다. 자신의 허리띠를 졸라매지 않고, 수익에 대해 무관심하면서 환경이 더 나아진들 그 환경을 잘 활용할 리 만무하다.

사람의 마음은 돈에 휘둘리지 않는다. 개인이 바라고 기대하는 가치에 마음이 동하는 것이다. 100만 원을 호가하는 최신형 스마트폰을 갖고 싶은 이유가 '100만 원 값어치의 제품'을 가지기를 원해서가 아니라 '여러 가지 기능'과 '디자인'에 매료되기 때문인 것처럼 말이다.

돈이란 그저 숫자가 적힌 종이에 불가하며 돈이 가진 가치가 무엇인지 본질을 파악해야 한다. 연봉 1억의 직장에 들어가기 위해 노력하는 것이 아니라 연봉 1억, 혹은 그 이상의 가치를 가진 사람이 될 수 있도록 노력해야 한다.

저자도 언젠가 직장에서 일하며 몇만 원의 월급을 더 받기 위해 혈안이 되어 노력했던 경험이 있다. 하지만 노력한다고 해서 회사가 일개 직원의 노력을 가상히 여겨 월급을 더 주거나 연봉 재협상 기회를 제공하는 경우는 거의 없다. 기업은 직원의 노력에 대해 보상을 주는 것이 아니라 일정 보상을 제공한 뒤 최대한의 결과를 요구하는 곳이기 때문이다. 그러니 더 이상 직장을 탓하지 않고 더 큰 가치를 지닌 사람이 되어 더 큰 수익을 가지기 위해 그에 상응하는 노력도 달라져야 함을 깨닫자. 이제는 무작정 더 노력을 기울이면 해결될 것이라고, 노력이 부족해서 결과가 이렇다고 자책하지 말자. 노력의 정도가 달라지면 결과는 조금 바뀌지만, 노력의 방향이 달라지면 결과는 상당히 달라진다.

저자는 책을 쓰고 자신의 가치를 알아주는 곳에서 일하게 되었다. 또한 〈책창〉이라는 퍼스널 브랜드를 만들어 책 쓰기 수업, 글쓰기 수업을 통해 수익화 기회를 얻고, 여러 강연을 통해 자신을 알리고 있다. 더 이상 제공하는 월급에 의존하지 않고, 스스로 가치를 만들고, 더 큰 가치로 더 큰 수익화 기회에 힘쓰고 있다. 자신의 값어치가 오르니 일이 많아지고 바빠질수록 신이 난다. 만약 직장에서 월급을 올려주지 않는다고 푸념만 내뱉던 나날에 안주하였다면 절대로 얻을 수 없었던 자유와 만족을 만끽하며 즐겁게 일한다. 그토록 꿈꾸던 평일 오전 카페에서 커피 한잔과 독서를 즐기고, 예쁜 거리를 산책하며 매주 화요일 꽃을 사 들고 내가 운영하는 독서모임을 찾는다. 여유를 즐기는 동안에도 수익은 계속해서 내 통장을 두드린다. 책을 쓰고 자신이 원하는 삶을 사는 사람으로 변화하였으니 이만하면 책의 힘을 믿을 수 있겠는가?

따라서 여러분에게 권한다. 돈을 벌기 위해 책을 쓰는 것이 아니라 자신의 가치를 높이기 위해 책을 써라. 책은 또 하나의 돈벌이 수단으로 치부할 것이 아니라 자신의 값어치를 높이는 일임을 공고히 마음에 담아라. 그리고 결정하라. 직장에서 월급을 조금 더 받기 위해 노력할 것인가, 어떤 자리에서도 본인이 원하는 수익을 갖는 사람이 될 것인가, 혹은 가만히 있어도 다양한 곳에서 수익을 가져와 줄 사람이 될 것인가. 모든 결정은 여러분의 손끝에 달려있다.

《쫄지마, 책쓰기》를 통해 여러분이 '돈을 많이 버는 직장인'이 아닌, 어떤 금액이든 원하는 만큼 벌어들일 수 있는 '큰 가치를 지닌 사람'이 되어가길 바란다.

2019년 12월

저자 **임시완**

"단 한번의 우리의 인생에 있어 당신만의 스토리,
당신만의 브랜드로 기록을 남기길 바란다"

이 책을 쓴 나는 솔직히 말해보자면 단 한 번도 책을 세 권이상 내는 작가가 되어보겠다는 생각을 해보지 않았다. 그저 '성공' 이라는 두 글자만 생각했지 '작가' 라는 글자는 생각해본 적 없다. 가끔' 성공하면 책도 쓰겠지? 라는 두루뭉술하게 꿈꾸듯 스쳐 지나가는 생각만 가졌었다. 두루뭉술한 생각이 이유였을까? 내 인생은 발전이 없었다. 잠깐 성공할 뻔한 일들만 스쳐갈 뿐 다시 열심히 일해야 하는 패턴으로 지내왔다. 그러면서 '성공' 이라는 글자에 귀 기울이고 들여다보았더니 성공을 하기 위해서는 말하기가 중요했다. 말하기를 잘 하려고 했더니 말하기 대본을 잘 정리했고, 잘 정리하려니 글쓰기가 중요했고, 글쓰기를 집중했더니 잘 읽어야 했다는 것을 크게 깨닫게 되었다. 무조건 꿈만 꾸던 '성공' 이라는 글자에는 단단한 운영체제가 있었다.

솔직하게 당신도 말해보아라. 당신도 나와 같았는가? 당신도 나와 같다면 잠깐 성공할 뻔만 하는 사건만 스쳐 지나갈 뿐 다시 열심히 일만 해야 하는 제자리로 돌아오게 될 것이다. 이러한 우리들의 생각이 우리의 라이프 패턴을 만든다. 과거 책을 쓰는 작가에 대한 인식, 작가에 대한 위치적인 게 나와는 다른 일이라고 생각했기 때문일 수도 있다.

이유가 무엇이든 우리는 성공하기 위해서는 읽고, 쓰고, 말하며 살아가야 한다. 읽고 쓰고 말하는 사람은 성공을 할 수밖에 없는 체제이다. 그럼 이러한 체제를 가지고 있는 사람은 누구일까? 바로 책을 쓴 작가이다. 나는 진지하게 이 운영 체제를 알고 작가를 선택했다.

내가 하는 직업으로 나라는 이름이 브랜드가 되기 위해 많은 참고 도서를 읽고 또 나만의 이야기를 쓰고 책을 출간하면서 지금은 몸값을 높여 말하기를 통해 수익화하며 살아가고 있다.

그렇게 나는 '트윙클 컴퍼니' 라는 교육 플랫폼 회사를 운영하면서 성공의 운영체제로 운영하며 대성하고 있다. 많은 사람에게 이야기한다. 본인 기준의 성공 운영 체제에서 일어나는 많은 에러를 빨리 찾아라. 그리고 꿈꾸듯 스쳐 간 생각이 현실이고 그 현실이 결과를 가져온다고 이야기한다.

지금까지 목표가 없었던 것도 아니고 항상 생각만 스쳐 지나가고 기회만 스쳐 지나간다면 당신도 읽고, 쓰고, 말하기의 단계를 밟아 가길 바란다. 이 책에는 성공할 수밖에 없는 운영체제가 담겨있다.

이 책을 읽고 따라 써보고 써본 것들로 말하며 세상에 자신을 외치고 존재를 확인하고 많은 사람에게 존재를 알리길 바란다. 쉬운 것인데 결과로 가져가기까지가 쉽진 않을 것이다. 쉽지 않아 힘든 부분들은 결과가 나오면 더 큰 스토리를 쓰고 또 말하게 되는 콘텐츠가 될 것이니 그것 또한 재산이라 생각하고 임하면 된다.

이 책은 다른 책들과는 다르다. 당신이 바로 시작할 수 있도록 변화를 시도하는 대화보다는 무조건 하라는 명령 체제로 여러분을 압도할 것이다.

나는 모두가 성공할 수 있다고 생각한다. 성공을 돈으로 결과를 얻으며 돈은 살아감에 있어 행복의 도구로 쓰여 더 큰 행복을 만들기 간절히 바라기 때문이다. 365일, 7일, 24시간 AM 12시간, PM 12시간 모두가 누군가에게 공평한 시간을 받고 쓰고 있는 것만큼 성공도 돈도 공평하길 바라고 성공의 척도를 알고 성공의 척도를 따라 성공

했으므로 많은 이들에게 알려주고 싶은 마음이다.

이 책을 펴보는 사람 중에는 알면서도 결정, 책 쓰기의 시간과 마주하고 싶지 않아 외면하는 사람들도 분명히 있을 것이다. 하지만 알고 있는 사실이 가장 중요하다. 힘들다는 이유로 중요한 요소들과 멀어지기 시작한다면 분명 내 인생도 중요한 것들이 멀어질 것이다.

지금부터 당신은 이 책을 읽는 것부터 시작하겠다는 생각으로 《쫄지마, 책 쓰기》독서를 임하길 바란다. 그러면 분명히 이 책은 뿌리를 내릴 것이며 당신이 원하는 나무로 열매를 맺게 해줄 것이다.

꿈을 꾸고 그것을 현실로 이어나가는 방법은 분명하게 제시해 놓았다. 바로 볼 줄 알고 읽기 시작하는 사람이 성공도 볼 줄 알고 시작하게 되는 것처럼 당신은 열린 마음으로 열린 시선으로 열린 생각으로 성공을 열길 바란다.

더 이상 안 되는 생각의 패턴으로 성공할 기회만 스치듯 맛보지 말고 처음 했던 꿈의 목적지를 잃지 않고 오로지 되겠다는 생각으로 정확한 성공을 맛보길 바란다.

책쓰기에 확신이 없던 과거의 내 모습이 지금 생각하면 안타깝다.

그러나 지금 책을 쓴 후 나는 많은 참고도서를 읽고 더 나아가 다른 방향에 책을 읽으며 내꺼화 시키면서 내면적으로 채워가며 성공

했으며 지금은 더 큰 꿈을 그리며 따라가고 있다.

우리 모두는 성공할 가치를 충분히 가지고 있으며 누군가에게 공짜로 얻은 365일, 7일, 24시간 AM 12시간, PM 12시간 주어진 시간에 우리는 단 한 번의 우리의 인생에 있어 당신만의 스토리, 당신만의 브랜드로 기록을 남기길 바란다. 그리고 나처럼 공짜로 주신 하루를 수익화시키며 매일 업그레이드되는 삶을 체험하며 책을 쓴 당신의 용기에 결과에 보람을 느끼길 바란다.

내가 안 되는 생각의 패턴으로 큰 변화 없이 늘 좋은 기회와 운을 놓쳐버렸던 그 시절부터 변화를 시도하고 결심하면서, 읽고 쓰고 말하기 시작한 성공 운영 체제를 밟고 있는 지금까지 함께해준 나의 가족들에게 감사의 인사말을 남기고 싶다.

늘 나를 위해 헌신하는 나의 엄마에게 엄마의 헌신에 나는 새 신을 신고 성공하고 있다고 말하고 싶다. 음과 양이 있듯 음에서 이렇게 클 수 있도록 교육하고 힘들게 내 아이들을 봐주시며 딸의 성공을 기도해주시는 덕에 많은 이들에게 영향력을 끼치며 살게 되었다고 진심으로 감사의 마음을 담아 본다. 그리고 나와 함께 성장하고 있는 세상에서 가장 사랑하는 사람이자 가장 친한 친구인 나의 남편 이정하 누군가 주신 365일 24시간을 당신과 공유하며 함께 성공을 만들어가는 게 즐겁고 마냥 행복하며 나의 남편이 당신이라나는 행복하다고 말하고 싶다. 앞으로 더욱더 변화할 우리들의 모습의 기대로 나는 오늘도 당신과 읽고 쓰고 말할 주제들로 채워가며 도약을 마인드와 행동으로 스타트 시킨 당신의 모습에 오늘도 반했다고 이야기하고 싶다. 나의 성공 비즈니스 파트너인 내가 선택한 가족, 트윙클 컴퍼니 파이프라인에게 우리는 절대 멈추지 말고 읽고, 쓰고, 말하며 성공을 나누는 자들이 되자고 늘 말했던 각오와 다짐을 이 책을 통해 쐐기를 박아 더 단단한 파트너가 되고 싶고, 늘 내 곁에있는 친구 식구들에게 나의 삶을 응원해줘서 기도해줘서 진심으로 감사하고 늘 그들에게 나 또한 기도와 응원으로 갚겠다고 이야기하고 싶다.

성장을 위해 수도 없이 생각하고 고뇌하며 '가난한 자', '부자', '성공', '명예', '가치', '기준' 이라는 단어로 꼬리를 물며 답을 얻고자 몸부림치는 독립적인 존재로 자유로운 존재로 완벽히 되는 생각만 하고 안되는 생각의 패턴은 과감히 잘라버리고 끊임없이 읽고, 쓰고, 말하는 어른으로 우리 집 천방지축 개구쟁이, 욱수르, 고고, 다다, 라라가 자라기를 간절히 기도하는 마음도 이 책에 담아두고싶다.

사람이 꼭 월급만 받으라고 월급만 받고 살으란 법 없고 사업만 하고 살아야 한다고 사업만 하고 살 필요는 없다. 쫄지 말고 지금 당장 책을 쓰자! 읽고, 쓰고, 말하고 작가가 되어 자신의 위치에서 최고의 영향력을 갖추고 아마추어로 살기보다는 프로로 살아가는 게 365일 7일 24시간 내내 즐겁고 행복할 것이다.

당신은 분명히 이 책을 통해 자신이 원하는 것을 분명하게 찾고 읽고, 쓰고, 말하는 작가의 삶을 살며 진정 당신 인생에서 큰 업그레이드를 하길 계획하게 될 것이다. 그리고 우리 함께 성공의 자리에서 만나 악수를 나눈 뒤 당신에게 이 책은 어떤 뿌리로 내렸는지 따뜻한 차와 함께 이야기를 나누면 참 좋겠다.

2019년 겨울 냄새가 시작된 12월 책을 쓸 당신에게

저자 **박비주**

Contents | **차례**

책 쓰기 루머 듣고
겁먹었니?

책은 누구나 쓸 수 있다.
책 쓰는 일이 쉬운 일이기에, 공들일 필요가
없다는 뜻이 아니다.
특별한 사람만이 책을 쓸 수 있다는
편견에서 벗어나라는 말이다.

1장 1절:

책 쓴다고 달라지는 건 없다

———

새로운 성공을 위한 새로운 준비 | 현대를 일컫는 여러 표현이 있다. 4차 산업, 5G, 빅데이터, 융·복합, 공유와 연결의 시대.

성공을 꿈꾸고, 직업, 사업의 기회를 찾아 전국을 누비며 자신의 자리가 어디에 있을지 눈에 불을 켜고 살피는 직장인, 창업가, 취준생이 무엇을 준비하고 있는지 살펴보자.

좋은 대학, 영어 능력 시험, 자격증 취득 등 스펙 준비, 대기업 취업, 공무원 준비 등. 시대는 확연히 달라져 가고 있는데 성공을 위한 대다수 사람들의 준비는 최근 10년을 되돌아봤을 때 그리 달라지지 않았다는 것을 알 수 있다. 변해가는 시대 상황만큼 우리가 투자하고 준비해야 할 것도 변해야 한다. 기존의 낡은 방식으로는 성공하기 힘들다. 노력하면 언젠가 성공한다? 저자는 그렇지 않다고 단언한다. '성공의 방향'을 보고 노력해야 한다. 한 우물만 파야 한다고 들 말하지만, 세상은 녹록지 않다. 콘크리트 바닥을 아무리 파헤쳐도 물은 나오지 않는다. 물이 나올 곳을 정확히 파악한 뒤 한 우물만 파야 물이 나오거나 금이 나올 것이다.

성공의 키워드는 바로 '콘텐츠'이다. 다른 사람들과는 다른 나만의 콘텐츠가 있어야 성공할 수 있다. 많은 이들이 유튜브, 아프리카tv, 틱톡, 인스타그램 등으로 퍼스널 브랜드를 만들고 자신의 이야기로 자신만의 사업을 꾸려나가고 있다. 세상을 이끄는 사람이 더 이상 대기업의 회장님들이 아니라 바로 옆에서 퍼스널 콘텐츠를 가진 사람들로 바뀌어 가고 있다. 이제까지와는 다른 무언가가 필요한 여러분, 큰 것을 이루어내기보다 내가 가진 소소한 일상부터 콘텐츠로 바꾸어보자.

사실 크리에이터가 되고 싶은 사람들은 이미 많다. 하루에도 수십 혹은 수백의 새로운 콘텐츠를 가진 사람들이 글이나 영상으로 세상에 자신을 알리기 위해 도전한다. 여러분도 그들처럼 자신의 책, 또는 콘텐츠를 가지기 위해 이 책을 펴보았을 것이다. 하지만 이렇게 크리에이터가 되길 원하고, 크리에이터가 이 시대의 대표적인 성공법으로 손꼽힌다는 것을 알면서도 도전하지 못하는 이유는 무엇일까?

가장 대표적인 이유에 대해 알아보자.

1. 내가 가진 콘텐츠가 무엇인지 모른다.

2. 주위의 시선이 신경 쓰인다.

3. 장비 구매 비용이 부담된다.

4. 작업 공간이 부족하다.

한 번쯤 크리에이터를 꿈꾸었다가도 이내 그 열정이 사그라들게 만든 핵심적인 4가지 고민일 것이다. 그렇다면 이 고민을 타파해줄 수 있는 크리에이터가 되는 방법은 무엇이 있을까?

바로 '책 쓰기'를 통해 '작가'라는 크리에이터가 되는 것이다. 작가가 크리에이터라고? 그냥 글쟁이 아니었어? 천만의 말씀이다. 저서 출간으로 작가가 되어 타이틀과 기회를 얻어 수익으로 이어가고 자신만의 인생을 살아가는 사람들이 있다. 어떻게 '작가'가 크리에이터일 수 있는지, 그리고 어떻게 여러분의 고민을 타파할 수 있는지 알아보자.

1. 나만 가진 콘텐츠가 무엇인지 모르겠다.

일상, 취미, 취향, 현 직업, 여행 등 주변에서 자주 접하는 일상과 가벼운 주제들에 대해 생각해보라. 특이하고 특별한 것만이 콘텐츠로 선정되는 것이 아니라 많은 이들의 공감과 이해를 담은 콘텐츠가 좋은 콘텐츠가 된다. 어떤 분야의 책을 쓸 것인지 고민된다면 서점의 수많은 카테고리를 살펴보자. 그중에서 자신의 이야기를 담고 싶은 카테고리가 무엇인지 결정하면 된다.

2. 주위의 시선이 신경 쓰인다.

책을 쓰는 것은 V-log 크리에이터와는 다르게 자신의 모습을 직접 나타내는 일이 아니기에 주위의 시선을 신경 쓸 필요가 없다. 책의 존재감은 다른 매체와는 차별성이 있다. 해당 분야의 전문가라는 인식이 만들어지는 것이다. 부끄러울 이유가 전혀 없다. 게다가 예비 작가라는 타이틀을 얻기에 주변의 시선에도 당당한 자신감을 가질 수 있다.

3. 장비 구매 비용이 부담된다.

요즘엔 보통 가정에 개인 PC 한 대 없는 집은 잘 없다. 개인 PC가 없다고 하더라도 도서관에서 무료로 이용할 수 있다. 직접 손으로 글을 쓰는 것을 선호한다면 원고지를 대량 구매하면 저렴하게 준비할 수 있다. 카메라, 음향장치, 조명장치 등이 전혀 필요 없으므로 두 손이 가장 값비싼 장비라고 할 수 있다.

4. 작업 공간이 부족하다.

노트북 한 대를 놓을 작은 책상 하나만 있으면 되므로 전혀 문제가 없다. 저자의 경우엔 노트북으로 주로 작업하기에 공원의 작은 벤치나 카페, 도서관에서도 바로 작업에 들어갈 수 있다. 작가는 서재에서 작업하는 것이 아니었나 물어본다면 자신이 다양한 곳에서 작업을 시도해보고 가장 집중이 잘되는 곳이 좋은 작업 공간이라고 답하겠다.

이처럼 많은 이점이 있음에도 주변을 돌아보면 책 쓴 사람을 보기가 힘들다. 하지만 반대로 생각해보면 그만큼 출판시장이 블루오션이라는 말이 된다. 당신의 주변에서 누군가 작가가 되길 기다리지 말고 자신이 가장 먼저 당신의 세계를 이끄는 작가가 되어라.

지금 바로 시작 가능한 '책 쓰기', 메모장과 펜 한 자루가 모든 준비물인 '작가 크리에이터'가 되면 무엇이 달라질까?

| 작가 크리에이터가 되면 달라지는 5가지 | 하나, 한 단계 높은 수준의 자기계발을 할 수 있다. |

사람들은 독서가 가장 좋은 자기계발이라고 여긴다. 하지만 한 단계 더 높은 수준의 자기계발은 바로 책 쓰기이다. 책을 쓰기 위해서는 먼저 좋은 책을 많이 읽는 것이 전제되어야 하는데, 어떤 사업의 전제조건이 독서인가 생각해본다면 작가 크리에이터가 되는 것은 가장 자신을 발전시키는 일임이 틀림없다.

원고를 쓸 때는 유사 도서를 많이 접해본 다음 원고 내용을 자신의 이야기로 재해석하며 자신만의 사례, 경험, 신념을 덧붙이며 새로운 하나의 창조물을 만들어내는 과정을 거친다. 이는 독서를 마치고 인상 깊었던 부분을 정리하는 식의 메모와는 개인의 성장에 있어 차원이 다르다고 할 수 있다.

책을 통해 표현하는 자신의 주장을 '주제'라고 한다. 책의 주제로 원하는 정보를 제공하거나 독자를 설득해야 한다. 독자를 설득하기 위해선 확실히 이득이 될만한 정보를 제공해야 하며, 자신만의 투철한 신념도 개발해야 한다. 바야흐로 '책 쓰기'는 독서, 자기계발, 기획, 마케팅, 컨설팅, 창업, 사업강화 등을 아우르는 종합적인 솔루션이 된다.

둘, '작가'라는 타이틀이 생긴다.

다음 두 가지 경우의 자기소개를 들어보자.

A : 금융 관련 직장에 종사하는 임시완입니다.

B : '경제력을 타파하는 은행 사용법'이라는 책을 쓴 금융 전문가, 작가 임시완입니다.

위의 자기소개에서 느껴지는 것은 다르다. 소개만으로 신뢰감을 줄 수 있는 타이틀을 가질 수 있다는 것은 어떤 일을 하든 간에 큰 강점이 된다. 첫 이미지에 신빙성을 더할 수 있다는 것은 다른 커리어에서는 보기 드문 특성이기 때문이다. 전임 작가가 아니더라도 자신의 일과 겸해 책을 출간하는 경우 현재 종사 중인 분야에서 시너

지효과를 얻을 수 있다. 그저 관련 종사자에서 진정한 전문가로 대우를 받게 된다.

셋, 나만의 브랜드 파워를 갖게 된다.

현재 하는 일이나 앞으로 시도할 분야에 대해서 글을 써보자. 해당 분야에 대해 쌓은 다양한 지식과 저서를 통해 신뢰감을 얻을 수 있으며, 브랜드 파워를 높이는 기회가 된다. 자신의 브랜드를 만드는 동시에 홍보할 좋은 기회이다.

넷, 선한 영향력을 미친다.

앞서 말한 것처럼 책은 비단 저자만을 위해서 만들어지는 것이 아니다. 엄밀히 말하면 독자에게 정보를 제공하고 메시지를 던지면서 조금이나마 이득이 될 수 있는 내용을 실어야 하기에 좋은 생각과 좋은 내용을 기반으로 해야 한다. 그렇기에 책을 쓰는 일은 선한 영향력을 미칠 수 있는 일이다. 한 사례로 우울증을 극복하며 쓴 자서전이 우울증을 겪고 있는 사람들에게 위로와 공감을 줄 수 있는 경우가 바로 그렇다. 독자에게 좋은 영향을 주기 위한 책이 저자 자신에게도 좋은 영향으로 남으니 일석이조, 혹은 그 이상이다.

다섯, 다양한 수익화 기회를 얻는다.

책의 판매 수익을 '인세'라고 한다. 초보 작가의 경우 큰 인세를 기대하긴 힘들지만, 꾸준히 홍보하여 알려진 잘 쓴 책이라면 적은 인세라도 꾸준히 들어오게 된다. 그리고 노동 수입과는 다르게 더 이상 일하지 않아도 수익이 생긴다니 책을 쓰는 일은 건물 없는 건물주가 되는 것과 다름이 없다. 유명 미술가나 음악가들이 받는 저작권료를 받을 수 있는 사람이 되는 놀라운 경험이기도 하다.

책을 출간하게 되면 기업, 기관, 학교에서 강연 요청을 받게 된다. 책을 출간했을 뿐인데 작가에서 그치지 않고 강연가의 삶까지 만끽할 수 있다. 강연가로서의 수익까지 창출하면서. 쇄도하는 강연을 이어나가다 보면 자신의 가치가 상승하여 강의료도 함께 상승하게 될 것이고, 라디오, TV, 잡지, 칼럼 등을 통해 활약하게 될 기회가 주어진다. 만약 강연가의 꿈이 있다면 말하고 싶은 주제에 대한 책을 쓰고, 그 책의 저자로서 바로 활동하게 되는 단순하지만 확실한 결과를 부르는 과정이다.

책을 써서 달라지는 것이 없다는 우리의 인식과는 다르게 이미 많은 이점을 경험한 이들이 수두룩하다. 사실 그 이점을 하나하나 파헤쳐보지 않아서 편견 속에서 벗어나지 못했음을 인정하자. 그리고 '원고 작성'을 시작하라. 나만의 책을 가진 작가 크리에이터는 급변

하는 사회 속에서 자신을 뚜렷하게 내세울 수 있는 확실한 돌파구가 되어줄 것이다.

> 작가가 되면 달라지는 점 5
>
> 1. '책 쓰기'라는 독서보다 한 단계 높은 수준의 자기계발
> 2. '작가' 타이틀
> 3. 퍼스널 브랜드 형성
> 4. 선한 영향력
> 5. 다양한 수익화 기회

글쓰기를 좋아하는 사람이나 책 쓰는 거다

———

책 쓰기, 잘 쓰는 것이 아니라 끝까지 쓰는 것. 책 쓰기는 글쓰기와 다르다. 글쓰기를 즐겨 하지 않았던 사람, 글쓰기가 어려운 사람도 책을 쓸 수 있다. 시, 소설 등 '문학적 글쓰기'는 어느 정도 소양을 갖추는 것이 중요하다. 개인의 개성을 살린 문체와 영감이 많이 묻어나야 좋은 책이라고 인정받는 것이 사실이다. 그래서 문학적 글짓기를 처음부터 도전하는 이는 흔히 볼 수 없다.

하지만 우리가 앞으로 도전하는 책 쓰기는 '논리적 글쓰기'로 연습을 통해 누구나 달성할 수 있다. 업무 보고서나 리포트, 학술지, 논문 등을 생각해보면 되겠다. 문학적 소양이 없어도 많은 연습을 통해 좋은 성적을 내는 이들을 볼 수 있다.

중요한 것은 책을 쓰겠다는 마음이다. 글쓰기 실력은 자신만의 책을 내겠다고 마음먹은 순간 원고를 써나가면서 자연스럽게 성장할 것이다. 하지만 처음부터 글쓰기 실력을 다듬기 위해 글쓰기 연습에만 집중한다면 평생을 써도 완벽해졌다고 느끼는 순간이 오지 않을 것이다. 한 문장, 한 단락부터 써나간다면 처음엔 부족하겠지만 시간을 들여 노력한다면 언젠가 완성된 원고를 손에 쥘 수 있다.

이미 성공하고 유명한 저자인 유시민 작가는 30년 이상 책을 써 왔으면서도 여전히 자신이 부족하다고 느낀다고 말한다. 하지만 그의 저서를 보면 뛰어난 작품이 많고, 적절하고 고급스러운 문장과 어휘 선택에 있어서 특출나다. 만약 그가 책을 쓰지 않고 여전히 글쓰기 연습만 하고 있었다면 수많은 독자에게 사랑받는 책이 나올 수 있었을 리 만무하다.

단순히 우리는 연습하지 않았기 때문에 책을 쓰는 것에 어려움을 느낀다고 할 수 있다. 에세이나 논술과 같은 일정한 주제에 대한 글쓰기는 많이 접하지만, 자신의 콘텐츠를 가지고 책을 쓴다는 발상을 해보지 않은 것 또한 같은 맥락이다. 문학적 글쓰기라 하더라도 해당 문학에 대해 배우고, 끊임없이 노력한다면 불가능하다고 말할 수는 없다.

모든 한계는 스스로 지어놓은 것이며, 자신의 능력을 믿지 않는 데에서 시작한다. 자신이 몸담은 곳에서의 능력을 인정하고, 자신의 전문성에 대해 확고한 지식을 쌓도록 하자. 그러고 나서 할 일은 책을 쓰기 위해 노력하는 것뿐이다.

**첫 타이핑에 완벽한 책이
나오는 법은 없다.** | 처음부터 최고의 초고가 나올 가능성
은 희박하다. 심지어 쓸만한 내용이

전혀 없다고 평가될 수도 있다. 하지만 확실한 것은 초고를 완성하
고 수정 작업을 거쳐나가면서 여러분의 책은 서서히 윤곽을 드러내
게 된다. 어려운 상황 속에서 꿈을 잃지 않고, 노력을 통해 자신의
꿈을 이루고, 또 이뤄나가고 있는 유명 작가들의 이야기를 들어보자
면 초고를 쓰고 1, 2차 이상의 수정 작업을 거치고 났을 때 처음 초
고가 반 정도밖에 남아 있지 않았다고 말한다. 그만큼 초고는 책의
방향을 잡는 것이지 완벽하게 성공하는 단계가 아니다. 완벽한 문장
을 쓰는 것보다 책 쓰기를 시작했다는 것에 더 집중하자.

글쓰기	책 쓰기
문학적 소양이 필요함	논리적 글쓰기를 배우면 누구나 가능함
주어진 주제에 뛰어난 글짓기 실력 중요	자신의 컨텐츠에 대한 원고 완성 중요
실력, 재능에 기반	노력과 끈기에 기반

**첫 타이핑에 완벽한 책이
나오는 법은 없다.** | 작가는 자신의 부족함에 집중하는 것
이 아니라 하루 한 문장, 한 단락이라

도 더 써가는 것에 집중해야 한다. 글을 쓰며 실수하는 것, 주제에서

벗어나는 것, 맞춤법을 틀리는 것, 타인의 평가에 실망하는 것, 능력이 부족하다고 생각하는 것은 분명히 두려운 일이다. 하지만 포기하지 않고 원고를 완성하고 수정을 거치면 여러분의 책은 결국 독자들의 손에 들려있게 될 것이다.

저자가 운영하는 '책창'(책 쓰기 브랜드 코칭 작가 창업 센터)을 찾아온, 글쓰기 실력 때문에 책을 쓰는 것이 고민된다는 이들에게 나는 말한다.

"완벽하게 쓰인 한 문장보다는 부족하지만 완성한 원고가 백번 낫다."

좋은 글을 쓰려고 노력하는 것이 아니라 초고를 끝까지 써내는 것을 목표로 해야 한다. 하루에 쓸 분량을 정하고 분량을 채워내는 버릇을 들이자. 초고를 완성하고 수정을 통해 완벽한 여러분의 저서를 만들어라. 책 쓰기가 글쓰기와 다르다고 말할 수 있는 핵심적인 이유다.

게다가 출판은 혼자 하는 것이 아니다. 작가가 바라는 모습 그대로 원고가 책으로 구현되는 것이 아니라, 출판사 담당자와 함께 의논하고 피드백을 통한 수정 과정을 거쳐야 한다. 저자가 말하고자하는 주제가 트렌드에 맞지 않을 수 있고, 디자인이나 저작권 등의 문제 또한 저자가 완벽히 대비하는 것이 불가능하다고 할 수 있다. 출판에 현업을 두고 있는 편집자의 의견을 적극적으로 반영하고 수정과 협업을 통해 독자에게 사랑받을 수 있는 책이 나오게 된다. 따라서 여러분이 집중해야 할 것은 초고를 완성하는 것뿐이다.

1장 3절:

출판시장에 투자할 필요가 없다

4차 산업의 종착역은 책이다. 사람들이 가장 많이 오해하는 것이 다른 매체의 개발로 인해 책이 사라져간다는 것이다. 물론 다른 매체 이용으로 인해 책의 수요가 줄어들었던 것은 사실이나, e-book, 오디오북 등 다양한 방법을 통해 다시금 주목받고 있다. '책'이라고 하는 것은 다른 매체와는 다르게 신뢰감과 존재감을 달리하는 특징이 있다. 모든 매체의 마지막 종착지는 항상 교육으로 이어진다. 교육산업은 어느 시대에나 성장을 멈춘 적이 없다. 모든 이들이 교육산업으로 자신의 사업을 이끌기 위해 노력한다. 교육산업은 언제나 블루오션이다. 자신이 쓴 시나 에세이가 교과서 실리는 일, 성공한 유튜버의 자서전 그리고 저자 강연. 모두 자신의 분야에서 벗어나 '책'이라는 마지막 종착역에 도착한다. 단지 종사자에서 진정한 전문가로서 탈바꿈하는 것이다.

유튜브, 인스타그램, 페이스북, 트위터, 블로그, 카페 그리고 책은 모두 하나같이 개인의 이야기와 경험, 사상, 신념을 그 주제로 하고 있다. 바로 개인이 자신의 콘텐츠를 담아 각 플랫폼을 이용하여 세상에 메시지를 던지는 스토리텔링이라는 일련의 행위라는 것이 같다. 하지만 왜 유독 책만이 그 신뢰감을 달리할 수 있는 것일까?

'논리성'과 '체계성'으로 그 이유를 들 수 있다. 책에는 작가가 유도하는 어떠한 논리가 담겨있으며, 그 논리를 뒷받침하기 위한 근거들의 즐비하게 늘어서 있다. 단순히 감정을 호소하는 것이 아니라 그 안에는 일련의 체계가 있어서 타겟 독자를 향해 그들이 독서를 통해 설득될 수 있도록 만들어진 매체이다. 그런 의미에서 책은 최고의 스토리텔링 매체이자 자기 PR이다.

스토리텔링 시대의 무기 | 현대를 스토리텔링 시대라고 말한다. 그만큼 자신을 표현하고 어필하는 것이 필수적으로 요구되는 시대에 살고 있다. 자기 PR은 어릴 적 반장, 학생회장에서부터 시작해서 선거 출마, 사업기획, 투자유치 등 모든 분야에서 빠지지 않는 아주 중요한 스토리텔링을 이용한 마케팅이다. 자기 자신과 자신이 가진 콘텐츠를 판매하여 수익과 인기를 얻는 크리에이터 산업이 유망직종이 되었다.

유튜브를 예로 들어보자. 여행, 육아, 일상 공유, 영화 후기, 독서

서평, 장난감, 리뷰, 뷰티, 쇼핑 등 거의 모든 분야를 불문한 콘텐츠가 쏟아져 나오고 있다. 개인, 모임, 기업, 공기관 등 너 나 할 것 없이 모든 이들이 유튜브 채널을 운영한다. 유튜브는 모든 직업의 경계를 모호하게 만들었다. 직장인 브이로그, 평범한 사람들의 힐링 여행 영상, 연예인들의 취미 생활, TED와 세바시 같은 강연 콘텐츠 등으로 직장과 직업에 구애받지 않고 자신만이 가진 강점을 이용하거나 원하는 콘텐츠를 만들어 독보적인 존재가 되어간다. '먹방'은 또 어떤가. 남들이 식사하는 장면이 최고의 사업 아이템이 될 줄 그 누가 상상이나 했겠는가.

이러한 유튜브를 비롯한 SNS의 주가 상승은 출판시장에도 영향을 미쳤다. 유튜브를 통해 1인 창업을 원하는 이들이 찾아보는 영상 제작 및 편집 등을 알려주는 교과서 격의 도서가 출간되고, 유명 유튜버의 자서전 또한 인기몰이 중이다. 대표적인 예로는 대도서관 등이 있다. 그는 게임 유튜버로 시작해서 현재 약 180만 명의 구독자를 보유했고, 현재 공중파 활동까지 겸비해 공인과 다름없는 삶을 살게 되었다. 이처럼 '유튜브'라는 하나의 플랫폼만 살펴보더라도 출판시장과의 관계가 얼마나 밀접한지 알 수 있다.

출판시장은 강연 시장과도 깊게 연관되어 있다. 저서 출간과 동시에 작가들은 각종 중소기업, 대기업, 기관, 대학 등에 강연을 초청받게 된다. 강연가는 강연 수익을 얻고 강연 수익은 다시 재출간과 다양한 강연 콘텐츠로 이어진다. 연예인 김제동 씨는 전국을 순회하며 강연하는 것으로 유명한데 그의 강연료는 무려 회당 1550만 원에 달한다고 한다.

출판시장은 출판에만 한정된 것이 아니라 복합적이고 유기적으로 존재한다. 저서를 출간한 사람이 유명인이 되고, 유명인이 저서를 통해 강연가가 되고, 강연가는 방송인이 되고, 평범한 사람이 성공자가 된다. 사업가, 방송인, 경영인, 작가, 직장인, 강연가 등 직업의 경계가 무의미하다. 이것이 바로 책이 만들어주는 기회이며, '책'이 가장 뛰어난 마케팅 플랫폼임을 증명해주는 이야기이다.

이렇게 출판시장, 플랫폼, 교육 시장, 각종 사업은 끈끈하게 연결되어 있어서 '책의 판매 권수가 감소하는 추세다.'라는 기사만을 보고서는 판단할 수 없는 하나의 거대한 시장이 되었다. 시장의 흐름을 인지하지 못한 사람들이야말로 책에, 출판시장에 투자할 가치가 없다고 말한다. 여러분은 어느 쪽에 속하는 사람인가? 여전히 출판시장의 가치가 떨어지고 있다고 믿는가, 그렇지 않다면 지금 당장 뛰어들어 가치를 통해 인정과 수익을 만들어내고자 하는 사람인가? 성공자들은

출판시장

플랫폼시장   강연시장

현재 자신이 머물러 있는 곳에 집중하지 않는다. 무엇을 이룰 것인지, 어떤 가치를 만들 것인지에 집중한다. 여러분이 성공을 이루고 미래에 필요한 인재로서의 가치를 얻고 싶다면 지금 그 자리에 머무르기보다 책 쓰기를 통해 자신의 가치를 높여 시장에서 인정받는 성공자가 되어라.

1장 4절:

유명한 사람이나 쓰는 게 책이다

과거의 생각에서 | 우리는 과거의 경험과 생각을 통해 판단하고
벗어나라. | 행동한다.

직·간접적으로 듣고, 접하고, 경험한 사실을 믿고 인생의 지침으로 살아가게 된다. 혹 이전에 알고 있던 사실에 대해 예외인 경우를 경험하게 되면 이전의 사실은 새로운 경험으로 덧씌워진다. 경험을 통해 삶의 지혜를 배워나가는 것은 중요하지만, 철저히 분석해본다면 우린 한정된 경험과 견문을 통해서만 결정을 내리고 행동하게 된다는 맹점을 가진다.

자신의 견문과 경험을 통해 갖게 되는 지침, 신념을 '청사진'이라고 한다. 과거의 경험이 청사진을 만들고, 청사진을 바탕으로 현재를 살아간다. 미래는 곧 과거에 어떤 교육을 받았으며, 어떤 사례들을 경험했는가를 실천하는 연장선이다.

'경제 청사진'은 성장하는 과정과 환경에서 자연스럽게 정착되는 부와 돈에 대해 가지게 되는 관념을 말한다. 이를테면,

- 돈은 나쁜 것이야.
- 돈이 많은 것은 중요하지 않아. 행복한 것이 더 중요해.
- 부자들이 돈이 많은 것은 꺼림칙한 일들을 마다하지 않기 때문이야.
- 부자가 되는 것은 중요하지 않아. 가족이 화목하면 그걸로 됐어.

라는 경제 청사진을 가진 사람은 부를 쌓아 투자하기보다는 안정적인 적금을 더 선호하거나 뉴스를 보며 재벌들의 비리 사실을 보며 "부자들은 다 저렇게 나쁜 짓을 하면서 돈을 벌어."라고 말하곤 한다. 돈을 축적하여 부자가 되기보단 개인의 만족과 안정을 위해 돈을 소비하게 되는 경향이 있다. 돈에 대한 경험이 생각이 되고, 그 생각이 미래의 경제를 결정하는 것이다.

그렇다면 부를 쌓아 성공 반열에 오른 사람들이 가진 경제 청사진은 어떠한지 알아보자.

- 돈은 선한 것이다.
- 부자가 되면 더 많은 선행을 할 수 있다.
- 부를 쌓는 일은 신의 가호이다.

어떤 경제 청사진을 가졌느냐에 따라 그 결과를 달리한다.

이를테면, 부를 쌓고 싶어 하는 사람이 부동산 지식을 쌓으면서 '나는 돈이 없으니 부동산 사무소엔 목돈을 모으고 가야겠어.' 라고 생각한다면 경제 청사진은 그대로면서 행동으로만 교정하려고 하는 것이다. 반대로 부동산으로 돈을 버는 사람들은 매일 새로운 정보를 얻기 위해 부동산 사무소를 제집 드나들 듯이 한다. 결국, 부동산으로 성공하는 사람은 후자이다. 경험이 생각을 만들고, 생각이 행동으로 이어진다. 책 쓰기 전엔 책 쓰기에 대한 생각을 먼저 정립한 뒤 뛰어들어야 한다.

따라서 작가 크리에이터로 성공하기 위해 갖추어야 할 가장 기본적인 자세는 '책 쓰기 청사진'을 바로 잡는 것이다. 유명한 사람들만 책을 쓸 수 있다고 생각하는 것은 여러분이 과거에 가졌던 잘못된 책 쓰기 청사진 때문이다. 책을 쓰는 사람이 어떤 사람인지, 책을 쓰지 못하는 이유들을 하나하나 나열해보고 내가 가진 '책 쓰기 청사진'은 과연 어떤지 점검해보아야 하겠다.

다음의 자신의 책 쓰기 청사진에 대해 알아보자.
- 책 쓰기는 유명인의 전유물이다.
- 내가 책을 쓰는 것은 시간 낭비이다.
- 책을 써서 달라지는 것은 없다.

- 작가는 배고픈 직업이다.
- 책을 쓰기 위해선 글쓰기 실력이 뛰어나야 한다.
- 나같이 평범한 사람은 책을 쓸 필요가 없다.
- 나는 책을 쓸만한 콘텐츠가 없다.

여러분은 어떤 책 쓰기 청사진을 가지고 있는가?
저자가 가진 책 쓰기 청사진은 다음과 같다.

- 책 쓰기를 통해 성공의 기회를 얻는다.
- 독서와 책을 쓰는 것은 삶의 보람을 느끼게 한다.
- 책을 써서 달라지고자 한다.
- 작가는 많은 수익화 기회를 얻는다.
- 책을 쓰기 위해선 글쓰기 실력보다 끝까지 써나가는 끈기가
  뛰어나야 한다.
- 나도 책을 쓸 수 있다.
- 나의 생활은 많은 콘텐츠로 가득하다.

  책은 누구나 쓸 수 있다. 책 쓰는 일이 쉬운 일이기에, 공들일 필
요가 없다는 뜻이 아니다. 특별한 사람만이 책을 쓸 수 있다는 편견
에서 벗어나라는 말이다. 오히려 특별하지 않기에 책을 써서 특별해

질 수 있음을 믿고 인정하자. 책을 쓰기 전에 책 쓰기 청사진을 공고히 해둔다면 자신감과 책임감, 유능함을 느낄 수 있다. 경험으로 만들어진 책 쓰기 청사진을 버리고, 자신의 생활과 꿈에 영향을 미칠 생각을 스스로 결정하자.

책창 센터를 찾아와 "책을 쓰고 싶은데 어렵다.", "나의 콘텐츠가 탄탄한지 잘 모르겠다."라고 말하던 J라는 분이 있었다. 컨설팅하던 중 원고 작성의 진도가 다른 수강생에 비해 느린 편이었는데 책 쓰기 청사진에 대한 개념을 설명하고 나선 눈빛이 달라졌다. "자신이 책을 쓸 수 있다."라고 믿고, "자신의 콘텐츠에 대한 믿음을 증명하고 싶다."라는 책 쓰기 청사진을 정립하고 나서 원고 작업에 열중한 결과, 그는 대형 출판사와 계약을 맺게 되었다. 청사진의 가치가 빛을 발한 것이다.

단순히 생각만 바꾸었는데 그럴 수 있을까?, 사실 원래 특별한 사람이었기에 가능한 일이 아니었을까? 반문하는 이들도 간혹 있다. J가 좋은 결과를 맺은 것은 책 쓰기 청사진 수정을 통해 다른 생각을 하게 되고, 이 새로운 생각을 기점으로 책을 쓰는 행동 중심으로 생활이 바뀌었기 때문이다. 그저 생각만 바뀌었다고 여길 수 없는 문제다. 생각은 행동과 생활, 삶 자체를 바꾸는 힘이 있기 때문이다.

지금과는 다르게 살고 싶은가? 그럼 "특별한 사람들이나 책을 쓰는 거야."보다는 "책을 써서 특별해지겠어."라고 생각해보는 건 어떨까?

다음 기재된 저자의 책 쓰기 청사진을 읽고, 자신만의 청사진을 완성해보자.

■ 책 쓰기 청사진 수정하기

작가 임시완의 책 쓰기 청사진

· 나는 작가가 된다.
· 나의 콘텐츠는 단단하며, 세상에 도움을 준다.
· 사소한 취미 생활도 콘텐츠가 될 수 있다.
· 특별한 사람이 책을 쓰는 것이 아니라 책을 써서 특별한 사람이 된다
· 책을 쓰며 진정한 전문가가 된다.
· 작가 창업은 블루오션이다.
· 책 쓰기는 한 단계 높은 자기계발이다.
· 책 쓰기는 바쁜 일상 대비 효율적인 투자법이다.

■ 자신의 책 쓰기 청사진 작성하기

작가 ○○○의 책 쓰기 청사진

저 이런 사람인데요?

가장 효과 있는 명함은 책이다.
명함의 형태를 바꿔야 한다.
1인 콘텐츠의 시대가 열렸고
인터넷의 발달로 자신을 검색을 통하여
만나게 해야 한다.

2장 1절:

언제까지 명함만 내밀 거야?

효과 있는 명함 | 사회생활 혹은 직장 생활에서 사람들은 자신의 명함을 만들고 공유한다. 물론 필요성을 느끼지 못해 만들지 않은 사람도 있겠지만 대부분은 사회적 분위기 때문이라도 명함을 소지한다. 굳이 자신을 말로 표현하지 않아도 자신을 소개할 수 있는 것이 명함이다. 명함에는 자신의 경력 사항이나 자신의 사회적 위치 혹은 직업이 기재되어 있다. 재질이 좋은 명함, 24k 도금이 된 럭셔리 명함, 접이식 명함 등 획기적인 명함으로 자신을 알린다. 왜 그렇게 명함을 만들어 나누는 것일까? 명함을 가지고 있는 사람은 그 명함이 또 하나의 자신이라고 생각한다. 이 '또하나의 나'로 상대에게 나를 어필한다. 손바닥보다 더 작은 명함 한 장을 만들 때 사람들은 수없이 고민하면서 실수 없이 제작하려고 애쓴다. 그렇게 만든 명함 한 장을 주고받다가 인생이 바뀌었다는 말

이 흔히 들려 온다. 명함 한 장으로 흔히 인생이 바뀐다고? 그렇다면 명함에다가 힘쓸 수밖에 없고 힘을 써야만 한다.

그렇다면 명함이 꼭 손바닥만 한 종이어야 하는가? 나를 알리고 확실히 어필하자면 명함 대신 내가 쓴 책 한 권은 어떤가? 작은 종이에 나의 전문성을 표현하기에는 너무 작지 않은가? 명함 대신 내민 책 한 권의 효과는 어떨까? 여러분을 진정한 전문가로 인정하고 상대는 책을 건넨 이의 커리어를 직관적으로 알 수 있다. 그리고 여러분에게 감탄할 것이다.

우리나라에선 책을 내는 사람을 "작가님"이라고 칭하며 대단한 사람으로 여긴다.

여러분을 권위 있고 필력이 좋고 대단히 뛰어난 전문가로, 석·박사보다 더 대단하게 느낀다. 석사, 박사는 이미 주위에 흔하지만, 책을 낸 작가는 주위에서 보기 드물기 때문이다.

책은 글로벌 명함이 된다. 세계적인 명문대학교는 글쓰기를 꽹장히 중요하게 여기고 강조한다. 세계의 우수한 명문 대학은 하나같이 글쓰기를 교육한다. 우리가 아는 세계적인 명문대 하버드 대학, MIT 또한 학생들이 대학 생활 동안 목숨을 걸고 집중하는 분야가 바로 글쓰기다.

하버드는 논증적 글쓰기 프로그램을 운영한다. 학생들에게 다양한 글쓰기 과정을 가르치고 있으며 MIT 또한 해마다 학생들을 위해 글쓰기 센터를 설립하여 운영하고 있다. 왜 이들은 글쓰기 교육을 중요하게 여기는 걸까? 바로 글쓰기 교육을 통해 사고력을 키우고 뛰어난 커뮤니케이션 기술의 깊이를 더하기 위해서다. 성공적인 사회 구성원으로 만들기 위해 글쓰기를 기초로 삼는 것이다. 사회생활을 하면서 학교에서의 평가, 학위로부터 우리는 직장 생활의 위치가 달라지고 시작점이 달라진다. 서류를 다루는 일, 토론하는 일, 발표하는 일 모두 읽고 쓰고 말하는 과정이기 때문에 글쓰기 실력이 달라지면 자신의 업무적 성과가 달라진다.

최근 우리나라의 명문대에서도 글쓰기 센터, 의사소통능력센터를 설립하여 운영 중이다. 학생에서 대학원생 교직원까지 센터에 등록하여 글쓰기를 배운다. 이러한 변화를 본다면 21세기 4차 산업혁명 시대에는 글쓰기 능력이 대단히 중요시될 뿐만 아니라 더 나아가 필수적으로 요구되는 능력이 될 것으로 보인다.

시대 흐름에 따라 명함의 형태가 달라졌다. 명함의 형태는 바로 '책'이다.

1인 미디어의 시대 4차 산업혁명 시대에 자신을 드러내는 최고의 명함은 책으로 만들어진다. 책이라는 명함 하나로 소통과 공감을 일으키는 자기 PR 시대의 주인공이 되어라.

처음 만난 상대에게 중요한 비즈니스 상대에게 나를 기억시키는 것

명함 대신 책!
제대로 전달하라
은 책 한 권으로 끝나지 않는다. 책을 전달하는 책 전달 비즈니스 예절이 중요하다.

1. 저서를 출판하는 출판사에 저서 200권 정도는 주문하라.

작은 명함도 기본 200부 이상 제작한다. 책은 나의 명함이다. 자신이 계약한 출판사에 저서를 주문하면 출판사마다 다르지만 보통 20% 정도 싸게 구매할 수 있으므로 기본 200부 정도는 주문해서 자신을 알리는 일에 활용하자.

2. 명함 대신 책! 언제 어디서든 쉽게 꺼낼 수 있어야 한다.

언제 어디서 귀인을 만날지 모른다. 무거운 가방이 부담스러울 수 있지만, 가방 안에 자신이 쓴 책을 두 권 정도는 늘 소지하자!

3. 상대에게 먼저 책을 건네라.

상대방이 윗사람일수록 아랫사람이 먼저 건네는 것이 예의다. 책은 나의 분신이므로 누구를 만나든 당당하게 건네는 것이 좋다. 책을 당당히 건네는 것은 자기소개를 당당히 하는 것과 같다.

책을 건넬 때는 선 자세로 건네는 것이 예의이다. 앉아 있는 경우에는 번거롭더라도 일어나서 인사를 하고 건네며 간단한 소개를 한다.

4. 두 손을 이용하라.

책을 한 손으로 툭 던지듯이 내미는 것은 예의가 아니다. 두 손으로 책 제목이 상대에게 보이도록 돌려서 건네는 것이 예의다. 책을 내밀어 소개하고 상대가 명함을 건넬 때도 두 손으로 공손히 받아야 한다.

5. 바로 넣지 마라.

자신의 책을 꺼내 소개를 한 뒤 자신도 한 권 꺼내어 자리에 꺼내어 놓아라. 상대는 바로 넣을 수 있다. 상대가 넣는다고 나 또한 넣지 마라. 나의 얼굴이다. 꺼내어 상대의 시선을 사로잡아야 한다. 상대에게 받은 명함 또한 바로 넣지 않고 테이블 오른쪽에 가지런히 놓아두자. 궁금한 점이 생기거나 혹시 확인할 내용이 있으면 상대의 명함을 보며 이야기를 나누는 것이 예의다.

명함의 형태가 달라졌다 | 오늘날 가장 효과 있는 명함은 책이다. 명함의 형태를 바꿔야 한다. 1인 콘텐츠의 시대가 열렸고 인터넷의 발달로 자신을 검색을 통하여 만나게 해야 한다. 책을 출간하면 여러분의 이름을 인터넷에 쳐보면 저서와 함께 나올 것이다. 또 SNS나 파워블로거가 저자와 저서를 함께 소개하고 홍보하게 된다. 명함, 이제는 손바닥만 한 종이가 아닌 책으로 새로운 트렌드를 주도하자! 명함이 꼭 작은 종이로 만들어져야 한다는 편견을 버리

자. 명함이 나를 위해 무엇을 해줄지 먼저 생각하기보다 명함에 나는 얼마나 투자를 했는지 짚어보자.

책이라는 명함은 우리나라에서만 빛나는 것이 아니다. 여러분의 책 한 권은 세계적인 명함이 된다. 더 이상 식당 추첨통에 넣는 작은 명함을 만들지 말자! 나를 확실히 표현해주는 최고의 명함을 만들자. 여러분이 투자한 책이라는 명함은 엄청난 효과를 가져올 것이다.

2장 2절:

아무나 쓸 수 없다

———

**목표의식은 행동력을
만든다.**

"책은 아무나 쓰는 게 아니잖아?" 맞는 말
이다. 책은 아무나 쓸 수 없다.

책을 쓰는 작가분들의 특징을 살펴보면 평소 책 한 권은 쓰겠다는
목표의식과 행동력이 있다.

글쓰기 실력을 가진 사람은 꽤 있지만, 책을 쓰겠다는 목표의식이
있는 사람은 몇 명 없다. 목표의식을 가지고 우리가 삶을 주도하고
살아가는 사람이 많이 없으므로 성공자들이 소수이며 책을 쓴 사람
들이 소수인 것이다.

확실한 목표의식이 있으므로 확실한 욕심이 있다. 무작정 욕심을
부리지 않는다. 욕심도 뚜렷한 목표로 가기 위한 원동력으로 사용한
다. 목표의식이라고 해서 거창하게 말하고 다니거나 집안에 붓글씨
로 써서 붙여 놓는 것을 말하는 것이 아니다. 오히려 일기장 한편 혹

은 그들의 마인드에 확실하게 새기는 것이다.

책 한 권이라는 목표의식 속에서 무엇을 쓸 것인지 책의 정체성을 확인해야 한다. 무엇에 대하여 쓸 것인지 대답이 나오면 행동력이 나올 수밖에 없다. 책을 쓰는 사람은 곧바로 행동력으로 옮긴다.

행동력의 힘 │ 행동력이라고 한다면 무엇일까? 노트북을 사고 무 작정 키보드를 두들겨 책을 쓰기 시작하는 게 아니 다. 책을 쓰는 작가들의 행동력은 다르다. 자신의 책을 쓰기 위해서 는 배움에 투자를 아끼지 않는 행동력을 보인다. '어제와 똑같은 오 늘을 살면서 다른 미래를 기대하는 것은 정신병 초기 증세이다.' 유 명 물리학자인 아인슈타인이 한 말이다. 하지만 아인슈타인의 잣대 로 말하자면 정신병 초기 증세를 앓고 있는 사람이 많다. 어제와 똑 같은 오늘을 살면서 미래가 드라마틱하게 변하기를 바라기만 바라 고 아무것도 실행하지 않고 꿈만 꾸는 것이다.

어제의 결과가 오늘이듯 우리의 태도에서 구체적이고 정확한 목 표의식이 없기 때문에 행동력이 생기지 않는다. 행동력이 없으면 우 리는 더 나은 미래를 만들 수가 없다.

책은 '아무나 쓸 수 없다.' 라고 말하는 이유가 바로 이것이다. 책 한 권을 쓰고자 한다면 먼저 배워야 한다. 배움은 우리의 미래에 대 한 오늘의 투자이다. 하물며 우리가 내는 적금이나 보험 또한 오늘 투자했기에 미래에 보장을 받게 되는 것이다. 배움에 힘쓰는 것은 책을 쓰기 위해 현재 투자하는 것이다. 배움에 대한 투자는 금전과 시간이 필요하다. 배우는데 쓰는 돈이 아깝다고 생각하기보다는 배움을 통해 이득과 수익을 만들 수 있다는 확신으로 투자해야 한다. 그렇다면 글을 쓰기 위해 무엇을 배워야 할까? 저자는 다음 두 가지 방법을 지침으로 한다.

첫 번째 지침! 적은 금전으로 많은 시간을 투자해야 하는 독서 책은 우리에게 많은 길을 제시하고 답을 알려준다.

《어쩜 이 모든 게 다 너일까》의 저자 임시완(임병환) 작가는 독서로 성공한 인물이다. 그는 대학병원 수술실 간호사로서 환자들의 생사를 돌보며 바쁜 시간을 보냈다. 3교대로 돌아가는 간호사 시스템으로 교대근무, 당직근무가 끝나면 수술로 인해 지친 몸을 이끌고 집으로 가서 쉬기 전 꼭 하는 일이 하루 1시간 독서였다고 한다. 힘겨웠던 5년 간의 간호사 생활에서 유일하게 자신에게 투자를 독서로 보상했던 나날들이 그의 인생을 드라마틱하게 바꿔놓았다.

지속적인 독서를 통해 임시완 작가는 자신이 좋아하는 책의 색, 문체가 확실해졌다고 한다. 확실해진 스타일로 자신의 책을 쓰기로 결심했고 《어쩜 이 모든 게 다 너일까》를 집필하면서 '사람'과 '사랑'의 시선을 담았다. 작가로 데뷔하면서 글쓰기 강연가로 활발한 활동을 펼친 뒤 간호사 생활에서는 꿈도 꿀 수 없었던 산티아고 순례길까지 올라 사진을 찍으며 여행 에세이를 준비하고 있고, 〈책창 : 책 쓰기 브랜드 코칭 작가 창업 센터〉를 운영하는 대표로 제주지역까지 전국적인 글쓰기 강연으로 활발히 활동하고 있다.

두 번째 추천! 금전 투자로 배움의 추월차선을 밟는 것

책을 직접 구입하고 읽으며 긴 기간 동안 독서습관을 쌓으며 책 쓰기에 대해 배우는 것도 물론 좋지만, 부의 추월차선을 밟아 금전적, 시간적 투자를 아끼지 않고 빠른 저서 출간과 성공의 문턱에 닿는 초고속 방법이 있다. 교과서나 참고서를 사서 저가의 비용으로 학습하는 것은 효과적이나 시간이 오래 걸린다는 단점이 있다. 내가 책을 쓰고자 했다면 책 쓰기 전문가에게 찾아가 책 쓰기를 배우는 것은 결코 나쁜 생각이 아니다. 오히려 책 쓰기 전문가들은 여러분의 행동력에 동기부여가 되어줄 것이며 여러분이 생각하지 못했던 방향성까지 제시해 줄 것이다. 게다가 전문가에게 피드백을 받을 수 있으므로 빠른 시간 안에 원하는 목표를 달성할 수 있다.

한 단계, 한 단계를 계단을 밟아가듯 준비하는 시대는 지났다. 시대적 흐름을 보아도 알 수 있지 않은가? 통신 기술도 5G에 다다랐다. 앞으로 분명히 더욱더 빠른 기술들이 나올 것이다.

느리고 천천히 투자하기에는 우리 인생은 짧고도 짧다. 전문가를

만나 배움의 추월차선을 밟아 가속도를 붙여라! 1에서 시작해 100으로 향해가는 것이 아니라 시작점을 100으로 설정하여 자신의 가치를 더욱 빠르게 성장시켜라.

그렇게 투자한 금전이 시간을 줄이고 빠르게 성장하게 만드는 결과를 가져온다면 우리의 투자는 확실한 보답인 '책'과 '기회'로 돌아올 것이다.

아무나 쓸 수 없는 책으로 성공한 작가는 많다. | 성공한 작가들은 이렇게 배움에 시간과 금전을 아끼지 않는다. 아인슈타인이 말한 정신병을 앓을까 봐 자신을 끊임없이 배움으로 채우고 어제와 다른 내일을 만들고 미래를 만들어간다.

배움의 투자를 두려워하지 않고 자신의 능력을 확신하고 앞으로 나아가는 것이 성공한 작가들의 특징이다. 〈해리 포터〉작가인 조앤 K. 롤링 또한 가난에 시달리던 무명작가였고 이혼한 상태로 해리 포터의 첫 시리즈를 썼다. 그녀는 아기를 키우기 위해 정부 보조금에 의존하며 아기를 돌보는 힘든 일상 속에서도 글쓰기로 성공하겠다는 오직 확고한 목표의식으로 시간과 금전을 투자하는 행동력으로 해리 포터를 쓴 것이었다.

아무나 쓸 수 없는 책으로 이미 성공을 거둔 작가는 그 분야를 막론하고 셀 수 없이 많다.

그럼에도 자신은 왜 아직 책을 쓰지 못했는가, 왜 성공하지 못했는가? 따져보자. 여러분의 마인드는 성공자의 것인가, '아무나'의 것인가.

미래의 명암을 결정하는 것은 바로 자신이다. 어렵게 생각하지 말고 오늘부터 책을 쓰기 위해 구체적 목표를 설정하고 배움에 투자하여 행동력으로 실천하자.

2장 ③절 :

평범함이야말로 스페셜 콘텐츠이다

평범한 사람인데…. | "저도… 책을 쓸 수 있을까요?" 인스타그램, 메일, 문의 전화로 가장 많이 듣는 질문이다. 왜 사람들이 나에게 그런 질문을 할까? 임시완 작가는 간호학과를 졸업해 평범한 간호사로 근무했었다. 박비주 작가 또한 평범한 스피치 강사였고 주부였다. 아주 평범한 사람들이었는데 책을 썼다. 특별하게 태어난 것이 아니라 책을 쓴 작가로서 자신만의 특별함을 갖게 되는 경우가 더 많다.

유명한 베스트셀러 작가가 되어 방송 매체에 나오는 분들을 보면 누구보다 롤러코스터같은 힘겨운 시기, 가난과 좌절과 역경을 딛고 일어나 성공했다. 눈물 없이는 듣지 못하는 이야기, 가슴이 저미며 감동이 밀려오는 이야기를 가진 사람들이 책을 쓰고 고난을 이겨낸 이야기로 사람들에게 위로를 주고 희망을 주는 강연을 한다. 그뿐인가? 어릴 적 비행 청소년이었고 부모 없이 고아로 성장한 사람이 스스로 깨닫고 인생 역전한 이야기로 책을 쓴다. 그들이 특별한가? 평범한 사람은 아니다. 누구보다 평범함을 원했던 사람일 것이다. 하지만 그들은 이제 평범한 사람들이 꿈꾸는 성공자로서 살아간다.

굴곡 하나 없이 부모님이 잘 키워주셔서 시기에 맞게 결혼하고 전세금을 갚아나가며 살아가는 굴곡 없는 삶을 사는 평범한 사람은 당연히 더 많다. 다소 소규모의 직장에서 일하거나 딱히 무언가에 깊이 공부한 적도 없고 유별난 취미도 없어서 책에 쓸 것이 없다고? 그건 책 쓰는데 전혀 문제가 되지 않는다. 평범하지 않아야만 책을 쓰는 것이 아니다. 대범한 인생을 살아온 사람, 평범한 사람, 자신이 부족하다 여기는 사람 모두 책을 쓰고자 하는 순간부터 자신의 인생을 솔직하게 담아내고 당당히 메시지를 던지겠다고 선포하자. 자신의 모습을 인정하고 확신하는 순간 결핍, 시련, 평범 모두 콘텐츠가 된다.

스페셜리스트가 되는 방법

평범한 사람이 스페셜해지는 방법은 그저 '책을 쓰고 싶다.'는 생각을 행동력으로 실천했기 때문이다. 단지 독서를 즐기다가 '나도 독자 말고 작가가 되어야겠다.'라는 문득 떠오른 생각에서 행동으로 실천하기까지 주저하지 않는다. 책을 쓰고, '작가'라는 타이틀을 얻고, 전보다 더 넓은 시야로 세상을 바라보며 자신만의 특별함으로 원래 유명했던 사람만큼, 혹은 그 이상으로 활약한다. '과연 내가 책을 쓸 수 있을까?' 라는 가능성에 대한 고민보다 '어떻게 하면 나도 책을 쓸 수 있을까?' 라는 방법에 대한 고민을 선택한 결과이다.

또한, 평범할수록 콘텐츠 선정의 폭이 넓다. 이미 유명세를 가진 사람은 대중이 기대하는 자신의 콘셉트가 있기에 일정 범위 내에서 책을 쓰는 경우가 많다. 예를 들면 스피치 강사는 스피치 분야로, 성형외과 의사는 성형 분야로 콘텐츠의 범위가 한정된다. 하지만 평범한 사람은 어떠한가? 자신이 한 번쯤 써보고 싶었던 분야, 공부해보고 싶었던 분야, 성공하고 싶었던 분야, 읽어 본 책 중 여운이 강하게 남았던 책, 가족의 이야기를 담아 평생 남을 책 등. 전문성과 관련 이력이 필요 없는 콘텐츠가 바로 평범한 사람들, 독자들에게 더욱 사랑받고 공감을 사는 좋은 책으로 남을 수 있다. 그렇게 평범한 사람에서 베스트셀러 작가로, 꿈을 전하는 강연가로, 수많은 평범한 이들에게 사랑받는 성공자로 변화할 수 있다.

'나는 평범해.' 라는 생각이 바로 여러분이 책을 써야 하는 첫 이유이며 특별해질 수 있는 이유이다.

| 평범하지 않은 시선과 대우 | 평범했던 사람이 책을 쓰고 하루아침에 작가 된다는 것은 적응 안 되는 일이 될 수 있다. |

사람들이 여러분에게 도움을 요청하고, 매일 아침 이메일로 '작

가님. 저도 작가님처럼 되고 싶어요.' 라며 문의와 감사, 공감을 전해올 때면 사실 책 한 권을 쓰고 쓰지 않고의 차이인 자신을, 평범하다고 여겼던 자신을 독자들은 특별한 시선으로 바라보고 있다는 것을 깨닫게 된다.

강연 섭외 담당자가 "작가님 혹시 시간 괜찮으신가요? 저희 회사에 작가님 강연을 부탁드리고 싶어 연락드립니다. 강의료는 어떻게 맞춰드리면 될까요?"라고 물어올 때는 사회적 인지도와 대우가 달라진 것을 실감할 수 있다.

평범한 사람이 책을 썼을 뿐인데 평범하지 않은 시선과 특별한 대우로 세상이 다르게 보이기 시작한다. 특별하지 않기에 더욱 특별해지기 위해 힘써라. 평범할수록 작가 대열에 올라라. 평범한 당신이 이 책을 읽고 지금 당장 책을 쓰기를 진심으로 바란다. 특별한 삶은 당신의 손끝에 달려있다.

2장 **4절:**

넌 독자, 난 작가

―――

**책을 읽는 사람과
책을 쓴 사람의 차이** | 대한민국이라는 나라에서는 20세가 될 때 까지 성공하기 위한 밑바탕 교육을 받는다.

　20세가 되면 쌓아온 실력, 점수에 맞춰 대학을 가게 되고, 취준생 이라는 이름으로 치열하고 뜨거운 경쟁을 한다. 우리나라 평균 월급 은 288만 원, 말 그대로 평균 월급이다. 우리나라 직업군을 모두 묶 어 평균을 낸 금액이다. 본인이 속한 직급, 업무에 대한 여러분의 역 량, 일에 대한 보람을 나타내는 급여 정보는 아니니 다만 숫자로서 생각하길 바란다.

　우리는 성공하겠다는 꿈을 꾸다가 현실에 부딪히고 자신의 능력 과 미래를 한정 짓는다. 평균 월급이 마치 자신의 인생 목표인 것처 럼 필요한 스펙을 쌓기 위해 영어공부를 하고 자격증을 따는 것에 우리의 모든 것을 쏟아붓는다. 그리고 원하는 회사에 들어가서 평균 월급을 받는다. 주위 사람들은 "잘 됐다."하고 축하 인사를 건넨다. 회사생활 중에 틈틈이 자기계발을 위해 독서를 놓치지 않는 모습을 보면 사람들은 부지런하다고 칭찬한다. 하지만 "대단하다.", "성공했다."고 말하진 않는다.

반대로 자격증과 대학, 연봉에 연연하지 않고 자신이 잘하는 게 무엇인지, 하고 싶은 것이 무엇인지 고민하고, 다양한 경험을 통해 나만의 스토리를 찾아 콘텐츠를 기획하고, 책으로 엮어 결과물을 만드는 작가들은 평균 월급 288만 원을 못 벌어도 사람들은 성공했다 말하며 대단하다고 말한다. 그리고 그는 곧 평균 월급에 머무르지 않고 노력하는 이상을 얻는 빠르고 꾸준하게 성장하는 부의 추월차선을 타게 된다.

책을 읽는 사람과 책을 쓴 사람의 차이다.

**넌 독자고
난 작가야** | 사람은 개인의 재능과 개성, 가치관, 환경적 요소, 라이프 스타일이 모두 다르다. 그런데 우리는 288만 원 평균 월급의 성공을 꿈꾸는 것은 똑같다. 참으로 신기한 일이다. 좋은 대학을 가기 위해 코피 터지게 공부를 하고 자신의 재능과 개성을 확실히 살리는 일에는 신경도 쓰지 않는다. 앞에서도 말했다시피 개개인은 엄연히 다르다. 같은 하늘 아래 같은 사람은 없다. 그런데 어떻게 같은 월급, 같은 연봉, 같은 삶을 꿈꾸는가. 말도 안 되는 일

이다.

자신의 재능, 개성, 원하는 바를 확실히 살려서 다른 사람들이 288만 원에 돌진하고 매진할 때 남들과는 다른 방식으로 성공하기 위한 책을 쓰고 출판하기 위해 노력하여 자신의 길에서 성공의 결과를 이루자. 확고함으로 무장하고 나의 강점을 활용하여 더욱더 빠른 속도로 성공하는 방법은 바로 '작가'가 되는 것이다.

여러분이 작가가 되어가는 동안 10대, 20대, 평균 월급 288만 원이 되기 위해 노력하는 사람들은 내가 쓴 책을 통해 경험하지 못한 저자만의 방법을 배우기 위해 정보를 습득하고 활용하는 '독자'가 된다. 그들의 월급으로 당신의 책을 구매하고, '독자'로 '작가'인 당신을 만나기 위해 강연장에 찾아오고 메일을 보내올 것이다. '작가'는 자연스럽게 퍼스널 브랜드가 생기고 1인 기업이 된다. 노력의 방향을 달리했을 뿐인데 같은 장소에서 완전히 반대의 입장에 서게 된다. '작가'는 자신만의 지식 정보화 산업의 발달에 맞춰 1인 지식 사업을 펼치고 자신만의 노하우로 수익을 만들고 시간적 자유를 얻으며 성공의 결과를 누린다.

자! 그렇다면 여러분은 독자이고 싶은가, 작가이고 싶은가?

2장 **5절:**

나도 하는걸? 너도 해!

———

기대치는 스스로 결정! | 나는 엄마가 아이를 무조건 전담해서 키
목표보다는 의도! | 워야 하고, 남편이 100원 벌어오면 100
원으로 아끼고 생활하며 저축하는 며느리를 원하는 시댁에 시집을
간 젊은 아줌마 요즘 말로 젊줌마로 불렸다. 하지만 나는 일을 하지
않으면 우울해지는 사람이었고 결혼 전 배워뒀던 스피치 강사 자격
증으로 창원의 어느 동네에 스피치 교습소를 운영하게 되었다. 동네
에 조그마한 교습소에서 시작하여 지금은 100평의 사무실에서, 작
가로, 강연가로, 트윙클 컴퍼니 대표로 살고 있다. 이제는 창원뿐만
이 아니라 여러 지역에서 나에게 배우기 위해 찾아온다. 어떻게 평
범한 젊줌마가 작가, 강연가, 아카데미 컴퍼니 대표가 되었을까?

2014년 임신을 하고 난 후 친정에서 사건이 터졌다. 세상에서 가
장 골치 아프다는 '돈 문제'였다. 친정에서 남편에게 도움을 구해 아

파트 전세금을 위한 억 단위의 돈을 빌려 쓴 것이다. 되돌려 받을 수 있을 것이라 생각했는데 문제는 점점 복잡해졌고 결국 되돌려 받지 못하게 되었다. 난 기가 죽을 수밖에 없었다. 늘 싸움이 일어나면 이 사건이 문제가 되고 스스로 약점으로 여겨져 자존감이 한없이 낮아졌다. 스피치 교습소는 쌍둥이를 임신하고 낳고 키우는 과정에서 운영에 어려움을 겪었고, 강의 또한 활발히 운영되지 않는 상황이었다. 교습소 관리비와 월세까지 엎친 데 덮친 격으로 상황이 흘러갔다. 아이를 키우며 집안 살림에 전념하길 바라는 시댁이기에 시댁 눈치까지 봐야 하는 상황. 참 힘들었다. 그만둘까? 계속할 수 있을까? 수없이 고민했고, 처한 상황에 점점 작아지는 내 모습을 바라보는 것 또한 힘들었다. 하지만 힘든 상황 속에서도 스피치 교습소 경영을 놓치고 싶지 않았다. 내가 진정 원하는 것은 바로 '성공한 강사의 삶'이었기 때문이다. 그 이유를 발견했을 때 정말 굳은 마음으로 거울을 보며 다짐했다.

"나의 기대치는 내가 정하는 거야. 다른 누군가가, 환경이 정

저자 박바주는 최근 〈엄마와 놀면서 배우는 스피치〉 스피치 관련 책을 발간 했다.

해주는 것이 아니야. 나는 꼭 성공한 강사가 될 거야. 그리고 자신에게 보란 듯, 거봐. 되잖아. 참길 잘했어. 수고했어. 말하자 어때? 할 수 있지? 돈 많이 벌어서 우리 남편 안 힘들게, 내 자식이 곧바로 설 수 있게, 본보기가 되고, 자식 된 도리를 다하며 우리 엄마, 시아버지한테 잘하는 가족의 구성원이 되자! 그리고 내 친구들을 도와줄 수 있는 사람이 되며 타인의 성장을 돕는 영향력 있는 여성 대표로 살아가자. 할 수 있어!"라고 말한 뒤 큰소리로 엉엉 주저앉아 울면서 나는 '성공 강사'라는 목표를 정했다.

5년이라는 시간이 흘러 2019년 봄이 찾아왔을 때 거울을 보며 말했다.

"거봐. 잘했지? 참길 잘했어. 수고했어." 뭉클했고 자신감이 더해졌다. 서럽고 힘들었지만 참고 노력했던 5년이 내게 보답을 해준 건 나의 굳은 목표의식보다는 가족을 위해 살고 싶어 하고 제일 가까운 친구를 돕고 싶었던 마음, 타인의 성장을 도우며 함께 성장해나가는 나의 영향력을 바탕으로 했기에, 선한 영향력, 선한 의도가 있었기에 가능한 일이었다.

지금의 나는 생활에 보탬을 주고 부모님의 건강을 위해 값비싼 한약도 흔쾌히 지어 드리며 생일에는 금일봉을 선물하고 고생하는 남편을 위해 물질적 풍요로움을 선물하는 사람이 되었다. 살림에 보탬이 되면서 남편은 책임의 여유를 갖게 되었다고 한다. 남편이 여유로워지고 나도 자존감이 올라가니 서로에 대한 이해 능력, 공감 능력도 늘었다. 우리는 나날이 가까워졌다. 다음 달이면 단둘이 일주일간 여행을 떠난다. 그것도 퍼스트 클래스를 타고!

26세에 각종 돈 문제로 기죽었던 젊줌마에서, 3개월 전 수익보다 2개월 전 수익이 더 많고 2개월 전 수익에 비교하면 1개월 전 수익이 더 많은, 또 이번 달보다 다음 달이 더 많을 것이라 확신하고 이루어 나가는 컴퍼니 대표가 되었다. 그리고 책을 쓰고 작가가 되어 자신의 가치를 올리고 몸값 또한 키워나가고 있다. 많은 사람들에게 유명해지고 나를 찾아오는 사람들을 컨설팅해주며 나와 함께 더 나은 직업, 위치, 마인드를 이뤄가며 성장의 길을 걷고 있다. 더 이상 과거를 돌아보며 후회하는 일 없이 하루하루 사업의 발전과 성장에 집중하며 즐겁게 살아가고 있다. 5년 전 울고 있는 젊줌마는 더 이상 없다.

자신을 향한 기대치는 타인, 환경적 문제가 정하는 것이 아니다. 자신이 직접 설정하여 이뤄나가야 한다. 목표보다는 의도가 중요하다는 사실을 잊지 말자. 어떠한 꿈이라도 목표 속에 의도가 존재해야 한다. '목표'가 꿈으로 가는 이정표라면 '의도'는 꿈으로 향하는 의지이며 원동력이다. 따라서 설정한 목표를 모두 달성하지 못하더라도 의도가 선하고 아름답다면 꿈을 꾸는 것만으로도 아름다워지

는 것이다. 더 나아가 설정한 목표의 성공은 더욱 아름답게 기억될
것이다.

잔뜩 쫄아 있는
여러분에게

가슴 속에 자그마한 희망,
'책 한 권 쓰고 싶다.'라는 생각을
가지게 되었다면 지금 이 순간부터
자신의 내면에 작가 마인드를
단단히 쌓아 올리도록 하라.

3장 **1절:**

무엇을 쓸지 생각하고 갑시다

과거의 시선을 버리고 새로운 시야를 가져라. | william james가 말했다.
"생각을 바꾸면 행동이 바뀌고, 행동을 바꾸면 습관이 바뀌고, 습관을 바꾸면, 인격이 바뀌고, 인격이 바뀌면 운명이 바뀐다."

"책은 쓰고 싶은데 제가 어떤 글을 쓸 수 있을지 모르겠어요." 많은 사람이 어려움을 토로한다. 그런 분들을 위해서 책을 쓰기 위해서는 세상과 자신을 바라보는 관점을 바꿔보라고 지도한다. 자신이 가장 집중하는 것이 무엇이며, 어느 분야에서 가장 빛나는지, 빛나고자 하는지 생각해보는 것이다. 또한 세상에서 어떤 사람으로 남고 싶은지, 사람들에게 어떤 영향을 끼치는 사람이 되고자 하는지 먼저 파악하여 책 쓰기를 위한 새로운 관점을 가질 수 있다.

관점의 다른 이름은 '생각' 이다. 자신의 기존에 가졌던 생각들이 책을 쓰기 위해 글감과 글귀를 떠올리지 못한다면 다른 생각이 필요하다는 신호다. 무작정 글로 채워진 페이지들을 모으면 책 한 권이 뚝딱 만들어지는 것은 아니다.

책을 쓰기 위해서는 독자의 관점이 아니라 작가의 관점이 필요하다. 작가의 관점은 보다 넓은 시야가 요구된다. 시대적으로 독자들이 요구하는 트렌드를 인지해야 하고 변화에 민감해야 한다. 세상 모든 만물의 상태와 변화에 작가의 관점으로 항상 질문을 던져 답을 찾는 과정을 지속하면 자연스레 생각의 폭과 깊이가 성장할 것이다. 여러분에게 잠재된 사고력을 키워 다른 사람이 된 것 같은 경험을 체험하라.

예를 들면, 동물과 사람의 입장을 바꿔 동물을 의인화시켜 생각해 보면 동물의 입장으로 관점이 달라질 것이다. 동물이 사람의 가죽을 벗겨 가방을 만들어 어깨에 메고 다닌다는 상상을 해보자. 입장으로 바꾼 관점으로 우리는 동물들이 놓인 환경과 생명의 존엄성에 대해서 깨우치게 된다. 이처럼 단순하게 시도할 수 있는 관점의 변화를 통해서 새로운 생각과 깨우침을 얻게 된다.

새로운 관점을 이용하다 보면 일반적인 관점에서 숨겨져 보이지 않던 세상의 핵심, 본질을 발견하게 된다. 그렇게 눈에는 보이지 않던 세상의 핵심, 본질을 모아, 글로 정리하고, 다듬어가다 보면 확실한 작가의 관점이 탄생한다. 스티브 잡스를 예로 들어보자. 그는 이미 세상에 존재하던 인터넷, 전화기, MP3, 카메라, 스케줄 다이어리, GPS 등을 모아 공유해보고 융합시켰다. 그렇게 탄생한 것이 바로 현재는 널리 쓰이고 있는 아이폰이다. 세상에 기적을 내어놓았다는 평판과 함께 혁신적인 성공을 이루었다. 바로 관점의 변화가 가진 힘이다.

자신만의 책을 내고자 한다면 일반적인 관점에서 모은 세상의 이치들을 모아 새로운 관점, 바로 작가의 관점으로 진화시켜 이치와 핵심을 융합시키고 진화시켜야 한다. 비로소 당신의 책 한 권이 탄생할 것이다.

관점을 바꾸기 위한 핵심, 질문　여러분은 살면서 한 번쯤 면접장에 서본 경험이 있을 것이다. 면접관은 면접자의 인성과 지성을 평가하기 위해 여러 가지 질문을 던진다. 면접자의 대답을 검증하기 위해 심층 질문을 던지고, 그에 대한 대답으로 면접자의 진정성과 본질적인 요소를 판단한다.

자신을 본질을 스스로 인식하는 방법 또한 같다. 끊임없이 자신에게 질문을 던져야 한다. 관점을 바꾸기 위한 방법에 대해 말하다가 갑자기 질문을 하라는 말에 의아할 것이다. 하지만 관점을 비롯해 자세, 태도 등을 바꾸기 위해서는 현재 나의 관점이 어떠한지 알아야 한다. 시작점을 알아야 바꿔나갈 방향을 설정할 수 있다. 아래에는 30가지의 자신을 되돌아보는 질문이 나열되어 있다. 질문 하나하나에 집중하여 답해보자. 최대한 사회적인 통념에 의존하지 말고 자신의 경험과 생활을 통해 대답을 내리자. 남들도 할 수 있는 이야기를 하는 것 말고, 자신만의 답을 내려보는 것이 중요하다. 단답형보다는 구체적으로 묘사하거나 서술하는 것이 좋다.

생각 좀 하고 갑시다. 30 가지 질문

1. 나는 무엇을 위해 질문에 응하기 시작하였는가?

2. 요즘 나는 안녕할까?

3. 어떤 표정으로 살아가고 있는가? 표정을 그려보라

4. 요즘 내 마음을 닮은 노래는 어떤 노래인가?

5. 나를 객관화 시켜본 적이 있는가?

6. 하루 중 가장 행복한 순간은 언제인가?

7. 최근 마음에 끌린 책 제목이나 영화 제목은 무엇인가?

8. 내 인생 최고의 문구는 무엇인가?

9. 여러분의 최고의 여행은 언제였나?

10. 오직 나를 위해서만 보내야 하는 하루가 주어진다면 어떻게 보내고 싶은가?

11. 삶에서의 중요한 가치는?

12. 살아오면서 가장 잘 했다고 생각하는 선택은?

13. 지금 내 삶의 만족도는 100점을 기준으로 몇 점인가?

14. 내가 가장 오랫동안 지속적으로 잘하고 있는 것은 무엇인가?

15. 내 인생에서 가장 버리고 싶은 것은 무엇인가?

16. 빈번히 지속적으로 나와 충돌하고 있는 고민은 무엇인가?

17. 내가 진심으로 원하는 5년 후의 나의 삶은?

18. 나는 몇 살까지 살고 싶은가?

19. 나의 장례에서 표현될 한 문장은 어떤 것이 좋을까?

20. 사람이라는 존재가 아름답다고 느낄 때는 언제인가?

21. 영원히 존재할 것은 무엇인가?

22. 돈이 많으면 좋겠다고 생각한 이유는 무엇인가?

23. 자존심 때문에 하지 못한 말이나 행동이 있다면?

24. 자신이 가장 절제하기 힘든 것은 무엇인가?

25. 왜 내게 우리 가족을 주셨을까?

26. 시간과 물질을 가장 허비하게 만드는 것은 무엇인가?

27. 곧 죽어도 지켜야 한다.라고 생각하는 것은?

28. 어제 했던 고민은 오늘 해결되었는가?

29. 오늘 밤 어떤 기도를 하고 잘 것인가?

30. 질문에 응답하면서 여러분 속에 보이지 않던 핵심을
    조금이라도 찾았는가?

질문으로 인해 내면에서 여러 자아가 충돌하게 된다. 그중 더욱 본질에 가까운 자아가 선정되고, 표출되면서 우리는 자신을 정확하게 인식할 수 있다. 자신도 모르게 사고의 폭이 넓혀지며 자신의 의견. 생각, 주장의 핵심을 찾게 될 것이다. 자문하고 답하는 사이 핵심에 다다르는 연습을 하게 되고, 그 과정에서 깊은 사고력을 가지게 된다. 사고력은 관점을 다르게 만들어주며 의견, 자아의 충돌을 통해 관점의 폭을 더욱 넓혀 간다.

독자의 관점에서 '작가의 관점'으로 변하는 것이다.

3장 **2절:**

무작정 써보기부터? 만다라트를 해!

———

새로운 성공을 위한 새로운 준비 | 책을 쓰겠다고 결심하고, 펜과 종이를 혹은 비싼 노트북을 구매하여 호기롭게 글을 써가는 여러분에게 칭찬과 박수를 함께 보낸다. 책 쓰기 의지를 갖는 것은 굉장한 일이다. 하지만 쉴새 없이 바쁜 여러분의 일상에서 무작정 글을 쓰는 것은 안타깝기 그지없다. 책 쓰기 과정에 요령을 피우라는 말은 아니다. 다만 책 쓰기를 끝까지 완수하기 위해 목표를 설정하고, 세부적인 원고 작성 계획을 세우라는 말이 되겠다.

현재 〈책창〉의 책 쓰기 과정에서도 무작정 글을 쓴 뒤 분량을 채워와서 자신의 원고가 출간될 수 있을지의 여부를 묻는 이가 있다. 〈책창〉이 출판을 전문으로 하는 회사가 아니므로 100% 정확한 판단은 내릴 수 없지만, 책을 쓴 작가의 입장과 작가를 양성하는 센터를 운영하는 입장에서 '출간으로 이어지는 글'과 '좌절하는 글'의 차이점은 그들의 목표가 뚜렷했는가의 여부라는 것을 매번 느끼고 있다.

무작정 쓰기보다는 내가 무엇을 쓸 것인지 정확하게 정리하고, 앞으로 원고 작성의 계획을 한눈에 알 수 있도록 설계하는 것이 중요하다.

유능한 작가로 인정받고 저자가 원하는 좋은 출판사를 만나 좋은 조건의 계약을 따내는 방법은 미리 목표하고 계획하는 것뿐이다.

책은 작가의 생각이 흐르는 강이다. 모든 글쓰기는 생각으로 시작해 생각으로 끝이 난다. 잠시 책을 덮고 5분 타이머를 켜고 생각에 잠겨보아라. 선행되는 생각을 하나 던지겠다. '내가 지금 당장 해야 할 일이 무엇이었지?' 얼마나 많은 생각이 떠오르는가. 생각은 생각의 꼬리를 물고 이어진다. 생각의 끝에 어떤 이는 책을 읽고 있었다는 사실을 잊은 채 5분도 채 되지 않아 멀리 떠날지도 모른다. 이렇게 짧은 찰나에도 우린 많은 생각을 한다.

글을 쓰는 과정에도 여러분의 생각은 멈추지 않는다. 한 페이지, 두 페이지 글을 내리쓰다 더 이상 진도가 나가지 않는다면? 생각이 너무 많아져 글이 순간순간의 생각을 따라가며 글의 흐름이 뒤죽박죽된 상태이다. 이런 상황에서 글쓰기를 계속해나가면 한 번에 한 꼭지를 연달아 쓰지 못하고, 여러 개의 꼭지를 동시에 조금씩 덧붙여가기도 한다. 그런 글이 세상 밖으로 나오기 위해선 상당히 오랜 시간이 걸릴 것이다. 혹 아예 세상에 선보여지지 못할 수 있다. 생각을 멈출 수는 없다. 따라서 생각의 흐름을 일정하게 유지하는 것이 중요하다.

SNS라는 순간의 감정과 생각을 담아내는 공간이 발달하면서 생각의 호흡이 짧아져 가고 있다. 책을 쓰는 과정은 마라톤이다. 짧은 글귀를 써내는 짧은 호흡으로 책을 완성하고자 한다면 곧 숨이 가빠올 것이다. 이대로 책을 써내면 책의 흐름이 뚝뚝 끊어질 것이다.

아래에선 책을 써가며 생각의 흐름을 일정하게 유지하는 방법을 제시한다.

목표를 달성한다. 만다라트 | '만다라트'는 일본의 디자이너 이마이즈미 히로아키가 창안한 발상 기법이다. '소망을 이뤄주는 마법 상자'라고도 불릴 만큼 효과가 있다. Manda+La+Art 합성어로 불교의 만다라에서 착안한 생각 도구이다. 만다라트가 유명해진 것은 일본의 괴물 투수 오타니 쇼헤이의 일화 때문이다.

오타니 쇼헤이는 고등학교 1학년 때 '8구단 드래프트 1순위가 되겠다.'는 목표를 설정했고, 만다라트 안에 자신의 꿈을 이루는 데 꼭 필요한 8가지의 요소를 적었다. 구위, 체력, 변화구, 스피치 등 투수로서 갖춰야 할 조건을 비롯해 운, 인성, 정신력으로 만다라트를 채워 넣었다. 그리고 각 요소에 대한 구체적 실천방안을 8가지씩 설정하였고, 완성된 만다라트를 그대로 실천한 결과 그는 성공한 괴물 투수가 되었다.

만다라트를 사용하는 것은 매우 간단하다. 규격화되어 있는 만다라트 형식을 이용해 한가운데 최종적인 목표를 선정한다. 목표를 둘러싼 8개의 칸엔 목표를 이루기 위한 8가지 요소를 선정하고, 다음 각각의 요소를 충족시키는 구체적인 8개의 방안을 계획함으로써 64가지의 목표를 향한 전략을 갖게 된다.

만다라트는 책 쓰기라는 하나의 큰 목표를 세우고, 책을 쓸 시간, 하루의 분량, 장소 등 자신만의 기준에 대해 구체적인 방안을 세워 책 쓰기를 효율적으로 완주할 수 있게 돕는 방법이다. 만다라트를 활용하여 시간을 아끼고, 작가로서의 생활로 변화하여 출간으로 이어지는 생각의 흐름을 만들고 유지하라.

* 만다라트 도표

구체적 목표	구체적 목표	구체적 목표
구체적 목표	**세 부 목표1**	구체적 목표
구체적 목표	구체적 목표	구체적 목표

구체적 목표	구체적 목표	구체적 목표
구체적 목표	**세 부 목표2**	구체적 목표
구체적 목표	구체적 목표	구체적 목표

구체적 목표	구체적 목표	구체적 목표
구체적 목표	**세 부 목표3**	구체적 목표
구체적 목표	구체적 목표	구체적 목표

구체적 목표	구체적 목표	구체적 목표
구체적 목표	**세 부 목표8**	구체적 목표
구체적 목표	구체적 목표	구체적 목표

구체적 목표	구체적 목표	구체적 목표
구체적 목표	**핵 심 목 표**	구체적 목표
구체적 목표	구체적 목표	구체적 목표

구체적 목표	구체적 목표	구체적 목표
구체적 목표	**세 부 목표4**	구체적 목표
구체적 목표	구체적 목표	구체적 목표

구체적 목표	구체적 목표	구체적 목표
구체적 목표	**세 부 목표7**	구체적 목표
구체적 목표	구체적 목표	구체적 목표

구체적 목표	구체적 목표	구체적 목표
구체적 목표	**세 부 목표6**	구체적 목표
구체적 목표	구체적 목표	구체적 목표

구체적 목표	구체적 목표	구체적 목표
구체적 목표	**세 부 목표5**	구체적 목표
구체적 목표	구체적 목표	구체적 목표

✱ 만다라트 이용해보기

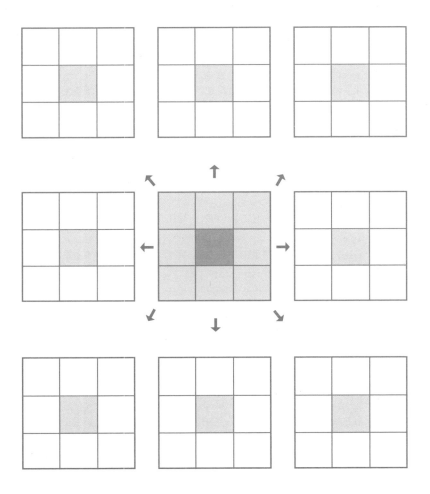

3장 3절:

여보세요, 여러분은 독자가 아니라 작가라고요

언제까지 독자 마인드? 단도직입적으로 여러분에게 묻고 싶은 것이 있다. 《쫄지마, 책쓰기》를 읽고 있는 이유가 단순히 독서하기 위함인가, 작가의 꿈을 이루기 위함인가?

독자와 작가는 갈라진 길 위에 서 있다. 태생적으로 다르게 태어나는 것이 아니라 후천적으로 만들어진 관점은 매 순간을 어떻게 마주할 것인지 결정짓는다. 독자는 책을 통한 배움이 목적이며, 작가는 책을 통한 성과가 목적이다. 독자는 독서를 통한 배움에서 멈추지만, 작가는 한발 더 나아가 성과를 얻기 위해 진취적으로 임하며 발전을 기한다. 여러분이 지금부터 마인드를 달리해야 하는 이유다. 책을 통해 무언가 얻고자 한다면 그저 읽으며 이해하고 수용하는 차원에 머무르는 것이 아니라 실천하는 것이 중요하다. 읽은 것을 바탕으로 글을 써야 하고 '책 쓰기'라는 생활을 통해 물리적으로 배움을 실현하는 것이다. 작가 마인드를 가지고 임하는 순간부터 여러분의 독서는 그 양과 질이 달라질 것이다.

독자로서의 독서는 배움일 뿐이지만 작가로서의 독서는 배움을 뛰어넘어 결과로 만든다. 같은 책을 보더라도 마인드의 차이로 독서의 결과가 확연히 차이가 난다. 이제 여러분도 독자의 입장보다는 작가의 입장에서 배움을 통해 자신의 가치를 만들어 수익화까지 이어지는 의미있는 경험을 하길 바란다. 사회는 결과와 가치가 있는 사람을 대우해주며 자신의 존재를 실체화하여 증명하는 사람에게 큰 보상을 안겨다 준다.

자, 이제 선택하자. 언제까지 독자일 것인가?

작가는 쓰지 않는 시간이 없다.

가슴 속에 자그마한 희망, '책 한 권 쓰고 싶다.'라는 생각을 가지게 되었다면 지금 이 순간부터 자신의 내면에 작가 마인드를 단단히 쌓아 올리도록 하라.

작가 마인드는 책을 쓰기 위해 여러분이 힘쓰는 동안에만 적용되는 것이 아니라 의식하지 못하는 순간에도 계속된다. 즉, 워드 프로그램을 실행시켜 자판을 두드리는 순간에만 발휘되는 것이 아니라 산책하면서도, 운전하는 동안에도, 책을 읽을 때도, 사람들과 대화를 나눌 때도 적용되는 것이다. 작가 마인드를 장착하면 산책하는 길은 목차가 되고, 운전 중 지나는 풍경은 동기부여가 되며, 읽은 책은 지침이 되고, 대화는 좋은 사례가 된다.

내 이름을 실어 책을 낸다는 것, 작가가 되는 일은 독자가 무심코 지났을 풍경을 유심히 들여다보는 데에서 시작한다. 독자가 미처 깨닫지 못했던 풍경을 작가가 세심하게 관찰하고 풍성한 이해와 설명으로 독자에게 전달하는 것이 바로 작가의 의무다. 독자는 작가가 펼쳐낸 미지의 세계에 대한 정보, 지식, 지혜를 얻기 위해 책을 찾는다. 따라서 작가는 독자가 원하는 것을 내어줄 준비가 되어있어야 한다. 이 과정에서 미숙한 작가의 마인드로 글을 쓰게 되면 어떻게 될까? 자신이 알고 있는 것에 안주하고 누군가의 경험과 사례를 동경할 뿐 나만의 이야기를 찾고자 노력하지 않을 것이다. 자신의 이야기를 찾기 위해 좋은 내용의 책을 많이 접해보고 좋은 문장을 필사해보기도 하면서 자신만의 문장을 찾아가야 한다.

자신을 확신하고 단단한 작가 마인드를 탑재한 채, 빠르게 스쳐 지나가는 순간을 캐치 해야 한다. 무심코 지나가는 여유는 독자에게 양보하도록 하자. 그렇게 집중했던 찰나의 순간들이 모여서 작가는 독자를 설득할 수 있는 능력을 갖게 된다.

이런 마인드의 차이로 인해 '누구나' 작가가 될 수 있지만 '아무나' 될 수 없다. 같은 하루, 24시간이 주어지더라도 독자는 책을 소비하고 작가는 책에 투자한다. 독자는 읽기 위해 읽고 작가는 쓰기 위해 읽는다. 쓰지 않는 시간까지 책의 주제와 문장, 단어 하나에 마음을 집중하고, 뇌리를 스치는 단어 하나로 책의 한 장을 만들어낸다.

그렇다면 더 이상 독자를 할 이유가 없다. 작가 마인드를 장착하고 지금 당장 작가의 삶을 선택하라! 《쫄지마, 책쓰기》를 통해 독서가 독서로 끝나는 것이 아니라 자신의 이름을 세상에 알리는 책으로 결과물을 만들고 인정받는 삶으로 변화시켜라. 이 글을 끝까지 집중하여 읽은 뒤, 나만의 작가 마인드를 다짐했다면, 당신은 더 이상 독자가 아니다. 작가다. 잘 모르겠다고? "여보세요. 당신은 이제 독자가 아니라 '작가' 라고요."

한 줄 다짐하기

- 나는 작가 마인드를 가졌다.
-

3장 4절:

초고속 수직 상승 효과

초고속 수직 상승하는 작가는 마인드가 다르다. | 작가가 되기 위한 조건은 충분한 시간과 최고의 필력이 아니다.

책을 쓰고 싶은 마음은 굴뚝 같지만 경제적 여유, 가족의 건강, 바쁜 생활 때문에 지금 당장 책을 쓰는 일이 급하지 않다고 말하는 이들이 있다. 시간이 지나가면 점차 사정이 나아질 것이라 생각하지만 그렇지 않다. 작가의 마인드로 투자를 하여 자신의 가치가 더 커질 것이라는 확신을 갖지 못한 채 기존의 마인드에 갇혀 있는 그들을 바라볼 때면 안타깝기 그지없다.

문학 소년이라 불리며 어릴 적부터 글쓰기를 좋아하고, 경제적 · 시간적 여유를 가진 사람, 부모님이 매우 건강하시며 빚보다는 자산이 많은 사람만 작가가 될 수 있는가? 그 답은 '절대 그렇지 않다.'이다. 베스트셀러, 스테디셀러 작가들을 살펴보면 누구보다 굴곡진 인생을 살아온 이들이 있다. 질병이나 사고로 건강 문제를 겪은 사람, 경제적인 어려움으로 시간과 사람에 쫓기던 사람들, 자신을 포기하려다 다시 딛고 일어선 사람들. 결핍과 시련을 가진 그들의 이야기가 세상에 주는 메시지는 다른 이야기보다 더욱 감동적이며 희망을 선물해준다. 그들은 거기서 멈추지 않고 더 많은 책을 출간해가며 책을 통해 달라진 삶을 독자들에게 증명하며 선한 영향력을 미치는 강연가로 활동해나간다. 그야말로 자신의 가치가 초고속 수직 상승 효과를 보는 것이다. 책은 쓰고 싶어도 시간이 없고 경제적 여유가 없고 가족이, 빚이 발목을 붙잡는다고 말하는 사람은 성공자의 앞에서 위로받을 수는 있겠지만 그들처럼 모든 환경을 극복하고 새롭게 살겠다는 의지는 얻지 못한다. 문제점에 집중하지 말고 방법과 기회에 집중하자. 환경을 탓하고 불만으로만 삼는다면 언제까지나 환경에서 벗어날 수 없다. 처한 상황을 타파하기 위해 지금 해야 할 일이 무엇인지, 지금 당장 할 수 있는 일이 무엇인지 깨닫는다면, 그리고 이 책을 읽고 있다면 여러분이 해야 할 일은 분명하게 정해져 있다.

불우했던 작가의 성장을 보며 여러분도 글을 쓰고 책을 내어 성장하겠다는, 자신의 가치를 발전시키겠다는 꿈을 가져라. 여러분의 삶을 바꿔줄 결정적인 열쇠는 바로 상황이 아니라 꿈이다. 변명의 덩치는 사람보다 작고 꿈의 덩치는 사람의 덩치보다 훨씬 크다. 변명

뒤에 숨어봤자 숨겨지지 않는다. 꿈을 믿고 집중하라.

수직 상승 효과를 부르는 세 가지 마인드 | 자신의 책이 스테디셀러가 되고 베스트셀러가 되어 성공한 작가들은 애초에 마인드가 다르다. 그들에겐 공통된 세 가지 마인드가 있다. 이 세 가지 마인드를 가지고 여러분도 자신의 꿈을 이뤄가길 바란다.

1. 자신만의 철학을 가진다.
2. 자신의 기준에 반하는 것을 철저히 차단한다.
3. 반드시 성장할 것이라는 확신

첫 번째 마인드. "자신만의 철학을 가진다."

가난하거나 빚에 시달리거나 부모님이 편찮으신 사람일수록 간절하게 임한다. 이들은 처한 환경을 탓하지 않고 절실함이 끊어지지 않도록 원동력으로 삼는다. 간절함은 꿈에 대한 분명한 확신을 만들고 어려움 속에서도 견뎌낼 수 있는 자신만의 철학이 생긴다. 자신이 지금 책을 쓰는 것의 가치와 방향성을 가지기에 무엇을 꿈꾸든 이루어내는 초능력, 잠재력을 끌어올려 준다. 경제적 · 시간적 여유가 부족한가? 그럼 연습할 시간도 아깝다. 순간순간을 실전으로 여기고 덤벼들어라. 처절한 상황 속에서도 굳은 의지를 가지고 행동으로 옮기며 자신만의 철학을 가지고 몰입하는 것이 중요하다.

　　두 번째 마인드. "자신의 기준에 반하는 것을 철저히 차단한다."
　　실패는 성공의 어머니? 그것이야말로 여유 있는 사람들에게 허용
되는 말이다.
　　"지금 이 상황에 글을 쓰는 게 제정신이야?"라고 사람들은 말할
것이다. 맞는 말이다. 지금 이 상황에 글을 써서 성공하겠다는 작가
는 글을 쓴다는 자체가 위기일 수 있다. 하지만 위기에 사람은 몰입
하게 되고 그 몰입은 여러분의 진면목을 드러나게 할 것이다. 몰입
하는 과정도 중요하지만, 몰입을 방해하는 것들을 철저히 차단하는
것 또한 중요하다.
　　"작가는 돈도 많이 벌지 못하고, 매일 골방에서 글이나 쓰는 사람
이잖아. 옛날에는 그런 사람을 보고 그냥 백수라고 불렀어.", "열심
히 직장 생활만 하다 보면 곧 모든 게 좋아질 거야.", "무슨 부귀영화
를 누리려고 그렇게 애를 쓰냐."하고 평정심을 깨뜨리고 마이너스의
영향을 끼치는 사람, 의미 없이 갖는 술자리, 신세 한탄을 늘어놓는
사람을 철저하게 차단하고 방어하며 자신의 꿈을 향해 경주마처럼
앞만 보고 달린다.
　　책을 쓰면서 인간관계에 가지치기를 경험하게 된다. 평소 친하다
고 여겼던 이들이 콧방귀와 함께 당신을 무시하거나 전혀 공감하지

못하고 자신의 상황에 대해 불만만 토로하기도 한다. 이들과는 마음 속으로 작별인사를 하게 될 것이다. 이것은 반드시 따라야 할 지시 사항이 아니라 자연스러운 현상이다. 반대로 당신의 꿈을 인정하고 응원해주는 이, 진정 축하와 축복을 건네는 이들과는 더욱 의미 있 는 관계로 이어진다. 자신의 인간관계를 되돌아볼 수 있고, win-win할 수 있는 이들이 남으니 일석이조다.

세 번째 마인드. "반드시 성장할 것이라는 확신"

수직 상승 가치를 가진 사람들은 자신을 먼저 파악한다. 그리고 자신이 진정 현재 상황에서 책을 통해 무엇을 추구하는지 심사숙고 하고, 자신이 책 쓰기 과정과 작가, 강연가로서의 삶을 통해 반드시 성장할 것이라는 확신한다.

그들은 불가능해 보이던 자신의 목표와 성공을 굉장한 속도로 이 루어간다.

초고속 수직 상승 효과를 가진 작가는 늘 자신이 목표한 발전된 모습을 꿈꾸고, 매 순간 작가로서의 할 일, 꾸준히 책 쓰기를 이어나 간다. 내 몸값, 가치, 더 나아가 자존감과 사회적 영향력을 상승시키 는 일에만 집중한다.

자신이 성장할 것이라는 확신은 많은 것을 가능하게 해주고, 진정 원하는 것을 이룰 수 있도록 준비시켜준다. 다음으로 해야 할 것은 작가로서 여러분이 계획한 일에 전념하는 것이다.

　주변엔 위의 세 가지 마인드를 가지고 성공적으로 삶을 변화시키고 발전해나가는 사람들이 즐비하다. 여러분은 놀랍게도 그 비법을 모두 알게 되었다. 이제 남은 것은? 이제 여러분에게 직접 답할 기회를 주겠다.

PART

04

첫 단추 잘 끼워야
하는 거
당연히 알지?

"나는 왜 책을 쓰려고 하는가?"
이 질문에 답하지 못한 채로
책 쓰기를 시작하는 것은 외출하면서
약속 장소가 어떤 곳인지 모르는 상태로
옷을 꺼내 입는 것과 같다.

4장 1절:

첫 단추 잘못 채우면 옷맵시 책임 못진다

목욕탕에 턱시도를 입고 가니? 책을 쓰기 전에 앞서 2장에서 책 쓰기 청사진을 바로잡고, 작가 크리에이터로서의 마인드를 만들었다. 하지만 아직 뭔가 부족하다고 느껴질 것이다. 책 쓰기가 좋은 이유도 알았고, 작가가 되고 싶다는 마음가짐을 만들었지만 한 가지 빠진 것이 있다.

소개팅에 가기 전 잘 다려진 셔츠를 꺼내와서 입는 상상을 해보자. 여유롭게 단추를 채우다 마지막 단춧구멍이 하나 남아 있다는 사실을 알게 된다. 첫 단추를 잘못 끼운 것이다. 패션의 이유를 제외하고선 마지막 단추를 채우고 나고도 하나 남아 있는 단춧구멍을 보고 그냥 넘어가는 사람은 없을 것이다. 첫 단추를 잘못 끼우는 실수는 누구나 할 수 있다. 하지만 그대로 단추를 이어 잠그게 되면 옷맵시를 모두 망치게 된다. 중간중간 단추들이 모두 잘못되어서가 아니라 단지 첫 단추 하나가 잘못되었기 때문에 도미노 효과가 일어나게 되는 것이다.

책 쓰기도 마찬가지다. 첫 단추는 목표의식이다. 저서 출간 전에 기획을 잘하지 못하면 원고를 열심히 쓰던 도중 혹은 원고를 모두 완성하고 나서 하나 남은 단춧구멍 때문에 나머지 단추들도 잘못 채우게 되는 것처럼 원고 흐름의 결함이 생기기 마련이다. 흐름을 놓쳐버리고 심지어 결함까지 발견해버리면 원고를 작성해나가는 의지가 꺾여버리거나 자신에게 실망감마저 느끼게 된다. 원고의 결함이 작가 자질의 결함이라는 사고로 이어진다. 하지만 너무 걱정하지 말자. 먼저 책 쓰기에 대한 목표의식을 바탕으로 출판 기획을 한 뒤 원고 작성을 시작하자. 첫 단추를 잘 끼운 것처럼 책의 흐름도 잘 맞추게 될 것이다. 때문에 우린 한 가지 질문에 답을 내려야 한다.

"나는 왜 책을 쓰려고 하는가?" 이 질문에 답하지 못한 채로 책 쓰기를 시작하는 것은 외출하면서 약속 장소가 어떤 곳인지 모르는 상태로 옷을 꺼내 입는 것과 같다. 턱시도를 갖춰 입고 목욕탕 앞에서 만나거나 운동복 차림으로 결혼식장에 도착했다고 생각해보자. 끔찍하지 않은가? 그렇다고 입고 온 복장 그대로 약속 장소로 들어가는 이는 없을 것이다. 집으로 돌아가 준비한 옷을 모두 벗어 던지고 새로이 어울리는 복장을 갖춰 잰걸음으로 장소로 향할 것이다. 하지만 미리 도착 장소를 알고 있으면 절대 할 수 없는 실수다. 따라서 책을 쓰는 이유 즉, '책 쓰기 목표의식' 이라는 기초가 탄탄하면 힘겨운 원고 작성이라는 태풍을 거침없이 헤쳐 나아갈 수 있다.

자소서 써봤다면 여러분은 이미 작가

그렇다면 책 쓰기의 목표의식은 어떻게 만드는 것일까?

대입, 취업 준비를 하며 자소서(자기소개서)를 한 번쯤 써본 기억이 있을 것이다. 각 기업마다 조금씩 양식은 다르지만, 대부분의 자소서에서 찾아볼 수 있는 항목인 '지원 동기' 란에서 특히나 한참 고민에 빠지게 된다. 평소에 깊이 생각해본 적도 없는 데다가 "돈 벌려고 지원했지."라는 간단한 대답을 500자, 1000자로 늘여야 하기 때문이다.

〈출판기획 책창〉에서 자소서 첨삭을 받기 위해 찾아오는 학생 혹은 취준생 분들에게 정말 기업 혹은 회사에서 자신의 꿈을 이루기위해 지원하는 사람이 있을까? 하는 의문을 가지면서도 꿈과 목표를 가지고, 자신이 꼭 필요한 인재라는 것을 강조하도록 교육하고 있다. 자소서가 '자소설' 이 되지 않기 위해선 반드시 해야 할 과정이 있다.

'나는 왜 이 회사에 들어가려고 애쓰는가?' 에 대한 답을 직접 적어보는 것이다. 대게 급여, 상여, 휴가 등을 포함한 복지, 비전, 흥미, 경력 사항과 관련성 등의 답변을 볼 수 있다. 답변을 확인한 뒤 질문 하나를 더 던진다. "여러분이 금방 대답한 것들을 얻는 반면 어떤 이득을 회사에 돌려줄 수 있습니까?" 이 질문에 대한 답변이 바로 자신이 가진 역량이며 능력이며 재능이며 자랑이다.

책을 쓰기 전에도 마찬가지로 같은 질문을 던져볼 수 있다.

"나는 왜 책을 쓰려고 애쓰는가?", "나는 책을 써서 독자들에게 어떤 이득을 주고자 하는가?"

그것이 바로 책 쓰기에 대한 여러분의 목표의식이며 방향성이며 동기가 된다.

책 쓰기는 절대적으로 쉬운 일이라고는 할 수 없다. 갖가지 어려움에 부딪힐 수도 있다. 그런 과정 중에서 글쓰기의 흐름을 잃고 노력해서 써온 피 같은 텍스트들을 백스페이스로 모조리 날려버리게 되는 일은 생기지 않아야 한다. 따라서 첫 단추 잘 채우기 즉, 목표의식 설정이 중요한 것이다. 단단한 목표의식이 자리 잡지 못한 상태로 원고를 써가다 보면 자신의 콘텐츠에 대한 자신감도 사라지고, 작가가 책을 통해 말하고자 하는 의도와 주제의 흐름이 부자연스러워진다. 게다가 주위의 조언에도 쉽게 흔들린다. 스스로가 말하고자 하는 것을 자신도 모르는 것과 같은 것이다. 애써 원고를 완성하더라도 계약으로 이어지지 않거나 책으로 만들어지고 나서도 내내 후회로 남을 수 있다. 왜 책을 써야 하는가? 에 대한 답을 찬찬히 내려보자. 스스로 자신의 책을 사랑하지 않으면서 어떻게 남들로부터 사랑받을 수 있을까.

4장 2절:

제 책의 의도는 말이죠 : 기획

———

스티브 잡스는 10분 연설을 위해 100페이지 기획서를 썼다. 스티브 잡스는 획기적인 프레젠테이션에 능하기로 유명하다. 하지만 잡스의 연설이 단순한 제품 설명처럼 단순히 발표 연습으로 이루어진 것이 아니라 여러 방면에서의 기획을 사실을 알고 있는가? 현재도 세계적인 인기를 누리는 아이폰을 처음 공개한 그의 프레젠테이션을 잠시 살펴보자.

"오늘은 제가 2년 반 동안 기다려왔던 날입니다. 하나의 혁신적인 제품은 모든 것을 바꿔놓습니다. 만약 여러분이 그런 제품을 만들어보는 경험을 하게 된다면 정말 큰 행운일 겁니다. 애플은 그런 혁신적인 제품을 세상에 선보여왔기에 행운아입니다.

1984년도 애플은 매킨토시를 선보였습니다. 이것은 애플만 변화시킨 것이 아니라 전체 산업을 변화시켰습니다. 2001년 우리는 처음으로 아이팟을 소개하였습니다. 이것은 우리가 음악 듣는 방법을 변화시켰을 뿐만 아니라 음악 산업 전체를 변화시켰습니다.

오늘 우리는 세 가지 혁명적인 신제품을 소개하려고 합니다.

첫 번째는 터치로 컨트롤할 수 있는 와이드스크린 아이팟입니다. 두 번째는 혁명적인 휴대전화입니다. 그리고 세 번째는 획기적인 인터넷 커뮤니케이션 장치입니다.

아이팟, 휴대전화, 인터넷 장치. 이 세 가지는 각각 별개의 제품이 아닙니다. 이것은 하나의 장치입니다.

우리는 이것을 아이폰이라고 부릅니다.……"

워낙 유명한 프레젠테이션이기에 이미 알고 있는 분들이 많을 테지만, 아이폰의 초창기 모델들을 경험해본 사람들이라면 전율이 이는 순간이었을 것이다. 짧은 시간 안에 관객의 집중을 유도하고 궁금증을 유발하고 완곡한 스토리텔링으로 마지막 순간에 터져 나오는 박수까지 기획했다고 하니 작은 것 하나까지 신경 써서 만들어낸 완벽한 공연이라고 할 수 있겠다. 이처럼 짧은 시간의 연설에도 수많은 사람이 몇 주에 걸쳐 기획하고 준비하였듯이 원고 본론 작성에 앞서 기획을 해야 함이 마땅하다. 기획하지 않은 책은 중간에 길을 잃기 쉽고 다시 방향을 찾기 어려워진다. 자신이 쓰려고 하는 책을 객관적으로 평가할 수 있는 지침이 되어주기도 한다.

책을 한 페이지에 담아라. | 이번 장부터는 본격적인 책 쓰기에 돌입한다. 가장 먼저 여러분이 써야 할 것은 바로 '한 장의 책'이다.

학창시절 한 번쯤 독후감을 써본 기억이 있을 것이다. 독후감은 책을 읽고 난 소감을 요약하고 나의 생각을 더하여 쓴다. 책의 내용도 간략하게 알 수 있으면서 주제가 무엇이었는지, 읽고 나서 무엇을 느꼈는지 알 수 있다. 기획서는 자신의 책을 읽고 나서 독자가 느꼈으면 하는 것을 책을 쓰기 전 미리 설정하는 것이다. 쉽게 말해 가상의 책에 대한 독후감을 쓰는 것이다. 독자가 느꼈으면 하는 바를 잘 담아내면 바로 그것이 기획 의도이며 주제이며 제목이며 목차가 된다.

'한 페이지짜리 책' 즉, 기획서는 단일 이야기가 아닌 여러 이야기를 합쳐놓은 책을 짧게 대변할 수 있어야 하고 원고 작성의 지침이 되어야 한다. 이야기들은 각각의 역할을 하면서도 기승전결의 흐름을 잃지 않도록 '나무가 아니라 숲을 보아라.'라는 말처럼 각 하나의 이야기에 집중하는 것이 아니라 큰 줄기를 설정해야 한다.

기존 글쓰기, 책 쓰기 책을 보면 기획을 중요하게 여기는 것이 거의 같다는 것을 볼 수 있다. 하지만 《쫄지마, 책쓰기》에서는 기존의 출간 기획서와는 다른 책창 만의 간단한 기획 방법을 제시하고자 한다. 지금 당장, right now. 생각나는 대로 쓸 수 있는 기획서. 우리가 이미 너무나 잘 알고 있는 기획 방법.

바로 '육하원칙'이다.

누가, 언제, 어디에서, 무엇을, 왜, 어떻게, 이 여섯 가지만 이용하면 언제 어디서든 기획서를 쓸 수 있다.

1. 왜(이 책을 쓰는가) – 기획 의도
2. 누가(읽을 것인가) – 대상 독자
3. 무엇을(쓸 것인가) – 콘텐츠
4. 어떻게(풀어나갈 것인가) – 제목과 목차
5. 언제(원고를 마감할 것인가) – 목표 기한
6. 어디에서(팔릴 것인가) – 출간 목표 출판사, 출판 방식

책을 기획할 때 담아야 할 핵심이 이 육하원칙 기획에 모두 포함된다.

기획 의도는 앞서 다룬 작가 크리에이터 마인드 가꾸기, 자기 확신하기가 되겠다.

대상 독자는 넓게 설정해서 좁히는 것이 좁게 설정한 다음 넓히는

것보다 낫다. 과하게 넓은 연령층을 포괄하다 보면 정보의 질이나 전달방법에서 오류가 생길 수 있다.

콘텐츠는 앞의 장에서 자세히 다뤘듯이 자신만의 이야기를 구상하여 한 문장 혹은 한 단락으로 표현해보는 것이 좋다.

제목은 책의 간판이며, 목차는 책의 요약본이다. 원고를 대략적으로 구성해보는 부분이니 신경 써야 한다.

목표 기한을 정해두지 않고 작성하다가는 6개월, 1년이 가도록 원고를 완성하지 못하는 경우가 생긴다. 원고 집필 기간이 늘어난다고 해서 좋은 책이 나오는 것은 아니다. 집필 자체의 몰입도가 떨어지고 원고를 탈고하겠다는 의지가 꺾이기 쉽다. 그러니 정확한 마감 기간을 정한 뒤 집중해서 책을 써내는 것이 중요하다. 원고 집필 기간은 3개월이 넘어가지 않도록 하자. 2개월 안에 승부를 보는 것이 가장 효과적이다. 시간 낭비도 없을뿐더러 강한 의지로 견딜 수 있는 경계지점이기 때문이다. 3개월이 넘어서면 책이 세상에 나오지 못할 가능성은 조금씩 커진다.

어디에서 팔릴 것인가는 출판 과정과 출판사에 대한 지식이 필요하다. 참고 도서를 읽으며 출판사에 대한 인지도를 키워가면서 어떤 곳에서 출판되면 좋을지 생각해보자.

더욱 자세하고 양식에 맞는 '출간 기획서'에 대한 내용은 6장에서 살펴볼 수 있다.

무식하게는 글밥, 유식하게는 콘텐츠 :
콘텐츠 정하기

——

내 안에 나 있다.　다음 질문들에 대해 즉각적으로 대답을 해보
자.

가장 좋아하는 음식이 무엇인가요?

즐겨듣는 음악은 무엇인가요?

자주 가는 장소가 어디인가요?

좋아하는 친구가 누구인가요?

자신 있는 일이 무엇인가요?

배우고 싶은 일이 무엇인가요?

도와주고 싶은 사람이 누구인가요?

잘하고 싶은 일이 무엇인가요?

콘텐츠를 정하자더니 갑자기 왜 이런 질문을 하는 걸까? 하고 의아할 것이다.

콘텐츠를 짜기 위해서는 먼저 자신이 지닌 것에 집중해야 한다. 자신의 직업, 취미, 흥미, 꿈, 버킷리스트, 가족, 여행, 갑자기 떠오른 영감. 책의 콘텐츠는 분명 작가 자신의 내면에 존재한다. '어떤 주제에 관해 쓸 것인가?'에 대한 대답은 결국 자신이 결정해야 한다. 어떤 질문에도 자신의 의견을 확실하게 말할 수 있는 자세와 메시지를 갖추게 되면 여러분은 어떤 주제를 가지고도 글을 쓸 수 있다. 자신의 콘텐츠를 설정하는 것이 글쓰기 실력보다 우선시 되어야 한다.

"너 자신을 알라."라는 말을 남긴 소크라테스는 시대를 초월하여 위대한 현인으로 알려져 있다. 그에게 배움을 청하거나 시험하기 위해 찾아온 이들은 모두 문제를 제기하며 현명한 대답을 청한다. 이에 대응하는 소크라테스의 태도는 한결같다. 계속해서 질문을 던지는 것이다. 하나의 질문에 상대방이 대답하면 다시 한번 더 질문을 던지며 꼬리에 꼬리를 무는 화법으로 본질적인 의문으로 다가간다. 결국에 문제를 제기했던 상대는 자신의 안에 답이 있었음을 깨닫게 된다. 소크라테스의 이런 화법은 '산파법'이라고 하는데, 이는 당시 출산을 돕던 산파처럼 직접 답을 주는 것이 아니라 옆에서 도우며 스스로 사고를 낳아 답을 내릴 수 있도록 돕기 때문이다. 이는 깨달음을 얻을 수 있는 최고의 구상법이다. 여러분도 자신에게 질문을 던지며 자신의 내면에 존재하는 소크라테스를 일깨워라. 콘텐츠 구상의 답은 여러분 자신에게 있다.

여긴 어디인가,
나는 누구인가

책창의 책 쓰기 수업의 첫 시간엔 가장 먼저 콘텐츠 구상 시간을 갖는다. 수강생들은 하나같이 "선생님, 저는 어떤 주제에 대해 적으면 좋을까요?", "주제를 미리 정해주시면 안 될까요?"하고 자신 없는 목소리로 말하곤 한다. 그럴 때마다 나는 연신 질문을 던진다.

어떤 일을 하시나요? 어떤 취미를 가지셨어요? 평소 대인관계는 어떻게 가지는 편이신가요? 좋아하는 일이 뭐에요? 등. 수강생들은 자기 자신에 대해 상세하게 알아보는 시간을 갖는다. 사람들은 자신에 대해 잘 알고 있다고 자부하지만, 막상 몇 가지 질문을 하고 나면 말문이 막히는 경우가 많다. 타인의 취향이나 관심사는 유심히 관찰하면서도 자기 자신에겐 무관심한 것이다. 위의 몇 가지 질문들에 대해 돌아오는 자주 듣게 되는 대답은 "생각해보지 않았어요."이다. 몇 년 전 유행했던 말이 있다. "여긴 어디인가? 나는 누구인가?" 간혹 멍해지는 기분이나 어색한 자리 등에 놓이면 이런 말을 사용하는 것이다. 작가라는 입장이 어떠한지, 자신이 어떤 사람인지 정확히 아는 것은 콘텐츠를 만드는 과정에서 가장 우선시되어야 한다. 자신이 지닌 것에 집중하는 일련의 행위는 크리에이터 즉 작가, 유튜버, 블로거, 스트리밍 방송인, 예능인 너 나 할 것 없이 필수적인 과정이다. 인생을 살아감에 있어서 가장 본질적이며 중요한 부분이기도 하다.

이 책을 읽으면서 평소 무엇을 써야 할지 막막했던 경험이 있다면 혼자서라도 묻고 답해보자. 그저 떠올리기만 하는 것보다는 훨씬 더 나 자신에 가까운 답을 할 수 있다. 자신에 대해 명확히 알고 나면 생각이 확고해지고 주장을 통해 독자를 설득할 수 있게 된다. 책은 다양한 이야기들이 모여 이루어진다. 하나의 이야기가 하나의 주장을 제시하고 뒷받침하는 사례와 근거를 통해 독자를 설득하고 위로하고 지지하고 변화시킨다. 책의 주제는 작가가 내뱉은 말을 텍스트화한 것이 아니라, 작가의 언어를 통해 독자가 작가의 의도대로 명확하게 그들의 사고와 행동을 변화시키는 것이다. 때문에 자신의 이야기를 담아야 신빙성을 갖게 되고 매력적인 문체로 독자를 사로잡을 수 있다.

콘텐츠 구상하기 | 콘텐츠를 구상하는 방법을 3가지로 요약해보자.

첫째, 가장 좋은 콘텐츠는 바로 자신의 이야기이다.

콘텐츠에 대한 수업이 끝나면 장난기와 막막함이 공존하던 수강생의 표정들이 하나둘 진지하게 변한다. 나의 이야기가 콘텐츠가 될 수 있구나.하고 자신에 대한 편견을 깨뜨리게 된다. 자신은 유명인도, 대단한 업적을 이룬 적도 없는데 나의 이야기를 누가 읽어보겠냐고 말하던 사람들이 자신의 이야기로 책을 쓰고 싶다고 말하기 시작하는 것이다. 이들의 말은 뜬구름 잡는 소리도 아니고 이상을 좇다가 현실에서 벗어난 소리도 아니다. 서점에 가서 조금 둘러보면 먼저 특별해지고 책을 쓴 사람이 아닌 특별해지기 위해 책을 쓴 사람들이 많아지고 있다는 것을 알 수 있다. 이를테면 최근 일상 에세이 도서를 출간하고 급부상한 작가들을 보라. 그들이 처음부터 특별했다면 책 제목보다 작가 이름의 배후에 책이 등장했을 테지만 실상 책의 제목에 작가의 이름이 따라오는 경우가 더 많다. 책이라는 계기로 자신의 특별함이 만들어지는 시대에 살고 있다는 것을 빠르게 받아들이자. 사업과 같이 남의 이야기를 빌려오거나 흉내 내면 마진의 일부를 빼앗기게 된다. 혹은 모두 앗아갈 수도 있다. 벤치마킹이 중요하긴 하지만 짜깁기만으로 책을 썼다간 나만의 콘텐츠라고 당당히 말할 수 없다. 도매와 소매처럼 남의 콘텐츠를 그대로 가져다 쓰는 것이 아니라 자신만의 이야기로 재구성하고 창조하자.

둘째, 자기 내면에 존재하는 콘텐츠를 믿어라. 확신과 함께 책 쓰기에 돌입하고 흔들리지 말자. 여러분만이 할 수 있는 이야기가 분명히 있다. 소소한 일상의 힘을 무시하다간 큰코다친다. 누구나 공감할 수 있는 일상, 육아, 위로 등의 콘텐츠를 품은 SNS를 보라. 얼마나 많은 '좋아요' 수와 구독, 하트를 받는가. 콘텐츠에 대한 확신을 가지고 꾸준히 임한 결과들이다. 기술적인 부분은 추후의 문제이다. 먼저 '내가 하면 된다.' 라는 믿음을 가지자.

셋째, 책 쓰기를 통해 얻으려고 하지 말고 먼저 주기 위해 글을 쓰자. 주었을 때 비로소 자신에게 돌아오는 시스템이 갖추어진다. 작가 자신과 독자에게 모두 이로움을 줄 수 있는 콘텐츠가 가장 튼튼하고 강하다. 현대의 독자들은 모두 상당한 지식수준을 갖추고 있다. 작가에게만 이로운 책을 기꺼이 사줄 만큼 우둔하지 않다. 책을 통해선 지식적, 문화적, 경제적 어떠한 방면이든 독자가 원하는 이득이 있어야 한다.

콘텐츠가 곧 제목이다. 콘텐츠를 구상했다면 가제를 지어야 한다. 사실 콘텐츠와 제목은 구분하지 않는다. 콘텐츠가 곧 제목이며 제목은 콘텐츠를 내포하는 구절이기 때문이다. 따라서 콘텐츠를 구상하는 단계에서 가장 첫 번째로 해야 할 일이 바로 제목을 짓는 일이다.

'가제'라고 해서 임시로 지어두는 것이 아니라 심혈을 기울여야 한다. 작가가 만나게 되는 첫 번째 독자를 사로잡기 위함이다. 출판사에 원고를 투고했을 때 출판 담당자의 이목을 끄는 것이 바로 이 가제이며 작가의 의도를 보여줄 수 있는 간판이다. 대입이나 취업 면접에서도 그 사람의 됨됨이나 이력보다 먼저 보게 되는 것이 사람의 외관이다. 방긋 웃는 사람에게 더 호감이 가듯이 책의 제목이 미소 지은 모습처럼 매력적이어야 한다.

매력적인 제목을 짓는 것은 어려운 일이다. 제목은 시대 상황이나 트렌드에 민감하게 반응한다. 따라서 오프라인 및 온라인 서점에서 최근에 출간된 책들을 꾸준히 눈여겨보는 것이 중요하다. 아무리 좋은 제목이라고 하더라도 유행에 뒤처지거나 이미 출간된 제목과 유사한 경우에는 매력도 없고 책 자체에 아류작이라는 선입견이 생길 수 있다. 여러 가지 가제를 만든 뒤 가장 알맞은 것을 고르는 것이 가장 좋다. 확정되고 남은 가제들은 추후 목차를 구성할 때 장 제목, 소제목으로 다양한 활용이 가능하다.

제목을 선별하는 10가지 기준

1. 책의 주제가 잘 나타나 있다.
2. 작가의 의도가 표현되어 있다.
3. 독자가 얻을 수 있는 이익을 상기시킨다.

4. 독자의 호기심을 자극한다.

5. 독자가 읽어야 하는 이유를 알려준다.

6. 작가가 책을 쓰고자 하는 의지를 다지게 한다.

7. 더 이상 알맞은 제목을 찾을 수 없다는 확신이 든다.

8. 공감이 가능한 용어와 표현을 사용한다.

9. 내 책의 제목과 유사한 책이 없다.

10. 자신의 컨텐츠(사업, 강연 등)와 연결이 된다.

제목만 잘 지어두더라도 책을 쓰는 동안 마주치는 힘든 순간들을 서점에서 내가 지은 제목의 책을 만나는 상상을 하며 견디고 의지를 다질 수 있을 것이다. 지금 당장 저서의 제목을 짓고 저서 출간의 꿈을 시작하자.

■ 활동지

콘텐츠 설정하기

• 내 책의 콘텐츠(주제)는 _____이다.

• 독자들이 내 책을 통해 _____을 느끼길 바란다.

■ 제목 후보 10개 작성하기

01. _____

02. _____

03. _____

04. _____

05. _____

06. _____

07. _____

08. _____

09. _____

10. _____

4장 **4절:**

책 쓰기? 지피지기 백전백승이지 :
경쟁도서 파악, 분석

**키보드만 두드린다고 책이
나오는 건 아니다.**　책 쓰기를 시작했다고 무작정 컴퓨터 앞에서 깜빡이는 커서를 바라보고 있진 않은가. 콘텐츠를 정했다고 글쓰기로 바로 돌입하는 투기에 박수를 보낸다. 하지만 콘텐츠에 대해 넓고 깊은 이해 없이 글쓰기부터 돌입하게 되면 원고를 완성하기까지 그 의지를 유지하기가 힘들 것이다.

　무작정 책을 많이 읽어보는 것이 좋다고 강요하는 것이 아니라 경쟁도서 분석을 통해 자신의 콘텐츠를 더욱 풍성하게 만들어야 한다. 이때 비로소 앞서 반복해서 강조했던 독서보다 한 단계 높은 차원의 자기계발, 책 쓰기가 가능해진다. 책은 지식으로 써가는 것이 아니라 책을 읽고 나서 나만의 언어로 재창조해야 한다. 즉 지식이 아닌 지혜로 채워가는 것이다. 그래서 같은 주제, 같은 분야의 책이 많지만 각 책이 각기 다른 매력을 지닐 수 있는 이유는 바로 작가 개인의 고유한 지혜를 담기 때문이다.

책을 쓰기 위해 독서를 하고, 독서를 통한 배움으로 의식과 사고가 바뀐다. 사고가 바뀌면 행동이 바뀌고, 여러분의 글이 달라진다. 곧 책 쓰기는 지식이 풍부한 사람에서 지혜로운 사람으로 변하는 과정이다.

작가는 책을 읽을 때도 작가다. 독자는 책을 읽는 사람을 일컫는 말이다. 하지만 책 쓰기를 시작한 사람은 작가로서 책을 읽어야 한다. 책을 읽고 감상하는 데서 그치는 것이 아니라 면밀하게 분석하여 나의 것으로 만들어야 한다. 책의 제목과 목차, 문체와 문장, 장단점을 분석하고 베스트셀러가 된 이유가 무엇일지 곰곰이 생각해보아야 한다. 이는 곧 자신의 책이 어떻게 베스트셀러가 될 것인지에 대한 전략이 된다.

자신이 쓰려는 책의 콘텐츠와 카테고리에 속한 책을 많이 읽어야 한다. 베스트셀러가 되고 싶다면 어떤 책이 같은 카테고리에서 베스트셀러가 되었는지 먼저 알아야 한다. 시대적 배경을 어떻게 반영하였는지, 독자의 요구를 어떻게 충족시켰는지, 작가의 의도가 제목과 목차, 본문을 통해 잘 전달되었는지를 확인한다. 베스트셀러는 빛 좋은 개살구가 아니다. 수많은 독자로부터 판매 부수로 증명받은 것이니 배우고자 읽는 것이 마땅하다. 공동저자인 박비주 작가의 저서 《내 몸값 올리는 말하기 기술》을 살펴보자.

• **시대적 배경** : 자기 PR 시대, 경기 불황 지속, 4차 산업으로 직업의 경계가 무너짐
• **독자의 요구** : 자신의 몸값을 키워 경제적 어려움 타파, 다양한 수익의 기회 마련
• **작가의 의도** : 스피치 전문가로서 말하기 기술을 익혀 독자의 스피치 능력 향상으로 경제적 어려움을 극복하도록 유도함.

어떤가? 시대적 배경, 독자의 요구, 작가의 의도 3박자가 딱딱 들어맞는 것을 알 수 있다. 출간 후 한 달 만에 교보문고 화술 장르에서 베스트셀러 상위권에 진입하고 여전히 판매지수를 높여가고 있으니 3박자의 중요성을 고증하고 있다.

■ 경쟁도서 분석의 중요성 5가지

경쟁도서 분석의 중요성
• 기존 도서를 알아야 내 책만의 매력을 만들 수 있다.
• 독자들이 원하는 내용이 아닌 작가가 말하고 싶은 내용만 담을 수 있다.

- 새로운 정보, 참신한 아이디어를 얻을 수 있다.
- 기존의 도서를 분석함으로써 장단점을 발전 · 보완할 수 있다.
- 기획한 콘텐츠의 카테고리의 책을 선정함으로써 전체적인 글의 방향성을 설정할 수 있다.

■ 활동지 − 경쟁도서 분석지

경쟁도서 분석지			
제　목		작가명	
시대적 환경			
독자의 요구			
작가의 의도			
장점			
단점			
좋은 문장 발췌			

4장 5절:

뿌리 없는 나무 있나요? :
목차 만들기

————

목차가 반이다 | 좋은 목차를 만드는 것은 좋은 책을 쓰는 시작점
이다. 시작은? 반이다. 책 쓰기의 반을 차지할 만
큼 목차 만들기는 중요하다. 원고를 써나가면서 중도에 막막해지는
이유가 바로 이 목차의 중요성에 대해 알지 못하기 때문이다. 탄탄
한 목차가 없이 무작정 글쓰기를 시작하면 용두사미가 되어 전체적
인 책의 밸런스가 무너지기 마련이다. 서두엔 모든 무기와 필살기를
가진 장군 같은 글을 쏟아내다가 뒤 내용에서는 힘없는 졸개와 같은
의미 없는 문장들의 행렬이 되는 것이다. 자신의 책이 대작이라고
믿으며 힘차게 자판을 두들기다가도 도저히 어떻게 글을 풀어나가
야 할지 감이 오지 않는다면 목차가 탄탄하지 않은 것은 아닐까 가
장 먼저 의심해야 한다. 책은 A4용지로 약 100여 장을 써나가야 하
는 장거리 경주이다. 전쟁에서 승리하기 위해선 필살기를 가진 무장

121

한 두어 명의 대장군이 아니라 장군과 그를 따르는 병사들의 적재적소 배치와 효과적인 전략이 필요하다. 대장군 같은 단락만 이어가다 보면 독자가 책을 읽는데 금방 지쳐버리게 되고 졸개와 같이 임팩트가 없는 내용만 이어지면 흥미를 잃기 쉽다.

뿌리가 약한 수박은 방울토마토보다 못하다

책창(트윙클컴퍼니 내) 사무실에는 곳곳에 식물이 가득하다. 엘리베이터를 내리면 맞이해주는 꽃들과 다육식물이 보인다. 사무실 안으로 들어오면 크고 작은 나무들이 즐비하고, 각 강의실에는 수중식물과 강사님들이 화원에서 직접 데려다 키우는 화분이 있다. 옥상에선 토마토, 상추, 수박, 고추를 기른다. 그중 옥상에 키우는 녀석들은 대부분 파릇파릇하게 잘 자라서 식사시간마다 소쿠리에 소소하게 담아다 먹는 재미가 쏠쏠하다. 하지만 아무리 애를 써도 잘되지 않는 식물이 있었는데 바로 수박이었다. 아무래도 옥상이라는 제한적인 공간에서 재배하다 보니 넓은 재배공간과 깊은 고랑을 만들 수 없었는데 처음에는 잎과 줄기가 꽤 뻗어 나오는 듯했지만, 그 끝에 맺힌 열매는 자잘한 것들이 전부였다. 전문가에게 조언을 구해 가지도 치고 거름도 주었지만 끝내 수박이라고 부를만한 열매는 맺지 못하고 수명을 다해버렸다. 속상한 마음을 전문가에게 털어놓았더니 그는 이렇게 말했다.

"아무리 거름이 좋고 가지치기를 잘해도 내린 뿌리가 깊지 못하면 어쩔 수 없이 열매에서 티가 나게 되어있어."

목차는 책을 지탱하고 내용을 풍성하게 만드는 뿌리다. 시간을 들여 뿌리가 깊고 넓게 자리 잡을 수 있게 심혈을 기울이는 저서라는 열매가 무르익는다. 본인이 혹 글쓰기에 자신이 있어서 책 또한 잘 쓸 것이라는 생각을 했다면 마음을 좀 더 단단히 먹을 필요가 있다. 작가는 글이 아니라 책을 잘 쓰는 사람이 되어야 한다. 책을 잘 쓰는 작가는 목차라는 뿌리를 먼저 잘 내리고 난 다음 책 쓰기에 돌입한다. 십 수권에 달하는 저서를 출간한 작가들도 목차를 설정하는데 1~2개월이 소요한다고 하니 얼마나 중요한 작업인지 새삼 느껴진다. 목차를 쓰고 난 다음에는 뒤도 돌아보지 않고 가차 없이 원고를 써 내려간다고 한다. 목차를 완성하기 전까지는 글을 쓰지 않다가 목차를 완성하고는 그 목차를 믿고 글을 쓰는 것이다. 즉 탄탄한 목차는 바로 책 쓰기의 원동력이자 버팀목이다.

독자는 목차만 보고 책을 산다. 서점에서 책을 구매할 때 본문을 모두 읽은 다음 구매하는 사람이 있는가? 서점에 가서 사람들을 관찰하고 있노라면 보통 다음 4가지 단계를 통해 책을 구매한다.

1. 표지와 제목을 보고 멈춰 선다.

2. 목차를 본다.

3. 이목을 끄는 제목의 본문을 조금 읽어본다.

4. 내려놓는다. or 구매대로 가져간다.

구매를 결정하게 만드는 것은 바로 두 번째 단계인 목차를 보는 순간이다. "본문을 읽어보고 샀으니 본문이 가장 중요한 것이 아닌가요?"라고 묻는다면 이렇게 반문하겠다. "본문을 보게 만든 것이 무엇인가요?". 제목은 독자의 시선을 머무르게 하고, 목차는 독자의 구매욕을 불러일으킨다. 아무리 좋은 책을 쓰더라도 독자가 구매해 주지 않는다면 무슨 소용인가.

〈목차를 구성하는 방법〉

1. 목차는 책의 요약본을 만드는 과정이다.

2. 장을 구성한다.

• 장 수에 제한이 있는 것은 아니지만 보통 4~6장을 선호한다.

• 장 제목의 흐름은 의문, 재고, 동기부여, 해결방안 제시, 결론의 순으로 전개된다.

3. 꼭지를 구성한다.

• 꼭지*의 수에도 제한이 없으나 총 꼭지 수가 30~35개면 책 한

권 분량이 된다.(꼭지*: 각 장에 속한 하위 목차, 하나의 장은 여러 꼭지로 이루어진다.)

- 꼭지 제목은 아래의 구체적 방법을 시행하며 만들어보자.

하나. 명언, 격언, 경쟁도서를 분석하며 좋은 문장을 뽑아낸다.

둘. 베스트셀러와 스테디셀러의 목차를 살펴보고 목차 구성 감각을 키운다.

셋. 두 페이지짜리 책이라고 생각하고, 글 전체의 흐름을 읽는다.

넷. 뽑아낸 문장을 벤치마킹하여 자신만의 문장으로 재구성한다.

다섯. 목차의 모든 제목이 주제를 반영하는지 확인한다.

여섯. 장 제목, 꼭지 제목으로 사용할 만한 구절을 최대한 많이 써두고 여분으로 사용한다.

목차를 만드는 것은 피, 땀, 눈물이 공존하는 과정이다. 하지만 이 과정을 잘 거치면 독자가 궁금해하고 사고 싶어 하는 책이 목차가 만들어지는 것이니 어렵게만 생각할 것은 아니다. 오히려 즐기면서 독자에게 사랑받을 수 있는 목차를 만들기 위해 노력하자.

■ 활동지 – 목차 작성하기

《　제　　목　》			
	장 제목		
1장	01 꼭지 제목 02 꼭지 제목 03 꼭지 제목 04 꼭지 제목 05 꼭지 제목	**4장**	
2장		**5장**	
3장		**6장**	

하마터면 열심히
쓸 뻔했다

벤치마킹에 대해 제대로 이해하고
책을 쓰면 정말 유용하고 획기적인
도구가 되는 것이다.
꾸준한 벤치마킹 연습으로 베껴 쓰지 말고
창의력을 발휘하며 책을 쓰자.

5장 1절:

남이 하면 베껴 쓴 것 내가 하면 창의력

베끼는 게 아니라 제대로 파악하는 것이다. | 此兩者 同出而異名(차양자 동출이이명) 노자의 도덕경의 한 구절로 '같은 곳에 서 나와 이름을 달리한다.'는 뜻이다.

책을 쓸 때 벤치마킹해야 한다는 말은 수도 없이 들어보았을 것이다. 벤치마킹은 기존의 것을 분석하여 새롭게 보완하고 발전시키는 과정을 말한다. 책 쓰기 수업을 진행하는 도중 벤치마킹에 관해 설명하다 보면 "그게 비슷하게 베끼는 것 아닌가요?"라는 질문을 항상 받게 된다. 하지만 잘 생각해보라. 벤치마킹은 아무나 할 수 있는 것이 아니다. 모방, 복제와 벤치마킹을 정확히 구분하지 못한 것에 기인한 의심이다. 벤치마킹은 단순히 '교묘히 베끼는 것'을 외래어를 이용해 세련되게 포장한 것이 아니다. 책에서 영감을 얻는 것은 당연하다. 이런 식의 갇힌 사고방식이라면 곧 음악을 듣고 영감을 받더라도 음악을 베꼈다고 할 참이다.

벤치마킹은 작가의 의도, 문장의 본질을 정확하게 파악했을 때에 비로소 가능해진다. 베낀 문장은 어떻게 봐도 티가 난다. 정확한 이해를 바탕으로 하지 않았기 때문에 감동이 없다. 하지만 벤치마킹을 통한 문장은 형식은 비슷해 보여도 저자의 생각이 철저하게 반영하여 재창조된다.

처음 노자의 도덕경 중 일부를 발췌하여 이야기를 시작했다. 여러분은 도덕경의 일부를 벤치마킹한 위의 글을 읽으면서 '도덕경이랑 비슷하다.' '도덕경을 베껴 썼구나.' 라는 생각이 들었는가? 이처럼 기존의 것을 제대로 파악한 뒤 자신의 의도대로 풀이하는 능력을 갖게 되면 어떤 글을 읽더라도 베껴 쓰는 것이 아니라 자신의 글을 쓸수 있게 된다.

책을 잘 쓰는 작가는 벤치마킹, 인용, 각색을 훌륭하게 이용하는 능력이 있다. 지식적, 시사적 '사실'에만 집중하여 책을 쓰게 되면 기존의 책들과 다를 바가 없다. 단순히 정보만을 얻기 위한 책들은 이미 모두 쓰여있다. 하지만 지식을 기반으로 한 작가의 지혜를 담은 책은 소재가 평범하더라도 베스트셀러, 스테디셀러가 되어 사랑받는다.

머릿속으로 고민만 해봤자 아무것도 나오지 않는다. 차라리 한 문장이라도 더 읽어서 벤치마킹하라.

기존 문장	벤치마킹
예) 같은 곳에서 나와 이름을 달리한다.	모든 것은 관점에 따라 달라진다.

글쓰기 실력이 없어서 고민이라면 벤치마킹이 답이다.

같은 맥락이지만 글쓰기 실력이 없어서 고민인 분들에게 해답을 주자면 좋은 문장을 많이 읽어보고 문장의 형식을 따오는 것을 추천한다. 책창 책 쓰기 수업에선 주제 선정까진 막힘이 없었지만, 표현력과 구사력의 문제로 자신의 이야기를 풀어가는 데 어려움을 겪는 분들을 많이 보아왔다. 이들에게 자신의 책과 다른 장르의 베스트셀러 몇 권을 추천해주고 문장의 형식을 가져와 써보라고 시키면 곧잘 활용한다. 자신의 부족함을 알기에 오히려 흡수력 또한 대단하다. 이렇게 벤치마킹에 대해 제대로 이해하고 책을 쓰면 정말 유용하고 획기적인 도구가 되는 것이다. 오히려 자신의 뛰어난 글쓰기 실력을 과신하고 자신만의 문체로 써나가겠다고 자부하던 분들이 중반부에 돌입해서는 표현력의 고갈로 어려움을 겪게 된다. 꾸준한 벤치마킹 연습으로 베껴 쓰지 말고 창의력을 발휘하며 책을 쓰자.

■ 벤치마킹 연습하기 2 – 문장의 형식을 파악하고 활용해보기

기존 문장	벤치마킹
예) 뿌리 없는 나무 있나요? : 목차 만들기	왜 할 수 없다고만 말해요? : 자신감 쌓기

5장 2절 :

판타지 작가 아니면 나의 이야기를 적어라

―――

마르지 않는 소재의 원천 │ 우리나라 여성은 평소 1시간 이상의 전화 통화를 즐긴다고 한다. 그리고 전화 통화가 끝나기 전 꼭 하는 말이 있는데 바로 "자세한 건 만나서 얘기하자."이다. 누군가에겐 과장일 수도 있고 누군가에겐 과소일 수도 있지만 우리는 하루 종일 자신의 이야기를 끊임없이 한다. 하지만 그렇게 수다를 즐기는 이들을 강의실에 앉혀놓고 특정 주제에 관한 이야기를 해보라고 하면 말문이 막힌다. 도저히 무슨 말을 해야 할지 모르겠다는 것이다. 여러분 또한 글을 쓰며 자주 느꼈을 문제점이겠다. 하지만 걱정하지 말자. 몇 시간이고 전화로 이야기할 만큼, 아니 몇 시간이 뭔가? 일평생을 이야기해도 마르지 않는 소재의 원천이 있다. 바로 '자신'이다.

저자가 속한 트윙클 컴퍼니에서 '면접 코칭 수
업'을 하다 보면 수많은 면접 대비 질문지와
답변을 외우고 오신 분들께 기존 질문지를 응용한 질문이나 파고드
는 심층 질문을 던지면 당황한 표정으로 답변하지 못하는 것을 볼
수 있다. 자신의 모습을 있는 그대로 당당히 보여주는 답변이 아니
라 자신감 없는 모습을 숨기기 위해 답변에 자신감을 부여했기 때문
이다. 그래서 트윙클 컴퍼니의 강사진은 핵심 질문을 제시하고 계속
해서 입으로 소리 내어 대답하도록 교육한다. 단순히 암기한 대답은
때에 따라 같은 질문임에도 다르게 표현해서 물어보면 전과 다른 대
답을 하게 된다. 하지만 자신의 의견을 즉각적으로 대답하다 보면
어떻게 물어와도 자신의 모습을 그대로 대답할 수 있게 된다. 바로
대답에 자신감을 싣는 것이 아니라 자기 자신에게 부여했기 때문이
다. 이렇게 표면적인 질의응답 컨설팅이 아닌 자신감 컨설팅을 바탕
으로 코칭 하기에 수강생들은 대답만 잘하는 사람으로 변하는 것이
아니라 자신감이 가득한 사람으로 변화한다. 이것이 트윙클 컴퍼니
가 유명세를 타고 성황리에 코칭 문의가 줄을 잇는 이유다.

책 쓰기에서도 같은 원리가 적용된다. 사고력은 구사력이 되고,
구사력은 표현력이 된다. 즉 가장 생각해내기 쉬운 것은 바로 자신
의 이야기이며, 말하기 쉬운 것도, 글로 표현하기 쉬운 것도 자신의
이야기이다. 일부러 있어 보이게 만들어낸 겉핥기식 이야기, 겉멋이

잔뜩 들어가고 속은 빈 근거와 사례가 없는 이야기엔 매력이 느껴지지 않는다. 당연히 책에 대한 신뢰감이 생길 수가 없다. 자신의 이야기가 담겨야 저자에 대한 신뢰가 생기고 책의 내용에 빠져들 수 있으며 저자의 의도를 독자에게 전달할 수 있다. 자신이 겪었던 경험과 연구를 통해 얻은 의미 있는 사례들을 모아 원고에 제시하라. 저자가 겪고 느낀 바를 독자에게 전달하라. 비로소 진정성 있는 책이 완성될 것이다.

선택해! 데드라인 20년 vs 3개월 | 판타지 소설의 대가 J.R.R 톨킨은 판타지 장편 소설 《반지의 제왕》의 저자로 약 19년에 달하는 집필 기간 동안 끊임없이 연구 및 준비를 했다고 한다. 대표적인 예로는 세계관 내의 역사를 먼저 규명하였고, 하나의 새로운 언어체계를 창조했다. 정말 대단한 작품이기 그지없다. 소설가를 꿈꾸는 이들에게는 위대한 인물로 손꼽히는 작가이다.

하지만 작가가 되고자 하는 사람들이 모두 이런 과정을 필수적으로 겪어야 한다면 아마 아무도 책을 쓰고자 하지 않을 것이다. 본 저자부터 더 이상 못하겠다고 말하며 도망칠 것이다. 하지만 자신의 이야기를 담아내면 되기에 우린 톨킨과 같은 험난한 여정을 굳이 할 필요가 없다. 지금 당장 원고 작성이 가능한 것이다. 앞서 말한 듯이 책 쓰기에 앞서 해야 할 일들은 참 많다. 하지만 톨킨의 이야기를 들어보면 우리가 하는 준비들은 실로 소소한 것들이다. 집필 기간도 길게 3개월로 설정하였으니 우리가 글을 쓰는 환경은 《반지의 제왕》을 집필하는 톨킨보다 유리하다고 할 수 있다. 적어도 우린 한국어만 잘 사용하면 되지 않는가?

5장 3절:

글을 쓰지 말고 메시지를 써라

―――

감정을 흔들어라. | "만약 누군가 가족이 좀 더 가까워지게 해달라
고 기도하면 신은 갑자기 묘한 감정이 느껴지
도록 하실까요? 아니면 서로를 사랑할 수 있는 기회를 주실까요?"

영화 〈에반 올마이티〉를 본 사람이라면 기억하고 있을 것이다. 주
인공 에반은 갑자기 "방주를 만들라."라는 신의 계시에 따르게 되어
일상의 어려움을 겪으며 결국 가정의 파탄 위기까지 직면하게 된다.
이때 신이 힘겨워하는 에반의 아내에게 나타나서 하는 대사이다. 이
말을 들은 에반의 아내는 한걸음에 에반에게 달려가 그의 힘이 되어
준다. 그렇게 에반의 가족은 더욱 돈독해지고 영화는 해피엔딩으로
막을 내린다. 신은 그들에게 원하는 답을 그저 주는 것이 아니라 경험
과 시험을 통해 스스로 알게 한다. 누군가 진정으로 무언가 원한다면

그것을 얻을 기회가 주어진다.라는 하나의 주제를 가지고 약 2시간의 상영시간을 통해 영화감독은 관객들에게 메시지를 던지고 있다.

탈무드의 격언 "물고기를 잡아주지 말고 잡는 방법을 알려주어라."라는 말을 우린 일상에서 자주 사용한다. 그저 내어주는 것이 아니라 스스로 얻을 수 있도록 자발성과 독립심을 키울 수 있게 도우라는 말이다. 작가의 입장도 마찬가지다. 독자에게 던지고 싶은 주제가 있다면 그것을 바로 읽을 수 있도록 그대로 써두는 것이 아니라 여러 가지 장치를 이용해 주제를 파악하도록 돕고, 감동을 주려고 시도해야 한다. 그 장치의 이름은 '사례'이며, 독자의 감정을 움직이는 역할을 한다.

여러분은 여기서 의심이 생길 것이다. 꼭 긴 문장들을 이용해서 사례를 드는 것이 필요한 것일까? 결정적이고 임팩트 있는 글을 쓰는 것이 더 효과적이지 않을까? 글을 잘 쓰는 것은 바로 짧은 글에 핵심을 담는 것이 아니었나?

간결하고 임팩트 있는 한 문장은 독자에게 강렬한 인상을 남길 수는 있지만, 독자의 행동 양식에까지 영향을 미치지 못한다. 그래서 책이라는 긴 여정 동안 끊임없이 이해시키고 설득하고 동기를 부여하고 방향을 제시하는 것이다. 머리로 이해해서 아는 것과 가슴이 아는 것은 다르다. 머리로 아는 것은 사실을 인정하는 것에 그치지만 가슴으로 아는 것, 감동은 행동을 바꾼다. 행동이 바뀌면 사람이 바뀐다. 책을 통해 받은 감동은 독자의 삶에 영향을 미치는 것이다. 이것이 바로 책을 통해 작가가 의도하고 목표하는 바이다.

사례를 모으는 방법 | 이렇게 효과적인 장치인 사례는 어디에서 얻는 것이 좋을까?

가장 좋은 것은 자신의 이야기이다. 하지만 개인의 경험만으로 책의 전반적인 사례를 아우르기는 다소 부족하게 느껴진다. 자신의 사례, 타인의 사례, 기사나 뉴스를 통한 사례 등 다양한 매체를 이용하여 글감을 쌓아야 한다. 좋은 사례를 찾게 되면 마치 보물을 찾은 듯이 대하자. 어떤 주제에 대한 글을 쓸 것인지에 대해 키워드로 정리해두면 사례를 들 때 굉장히 유용하다.

■ 사례 모으기

1. 자신의 경험
2. 타인의 경험
3. 기사, 뉴스, 잡지, 칼럼의 사례
4. 명언과 격언 활용
5. 통계적 수치
6. 영화, 소설, 음악 등의 창작물
7. 책

책 쓰기를 시작한 이상 작가를 둘러싼 모든 주변 환경을 사례로 이용하기 위해 눈여겨보아야 한다. 관찰력이 뛰어난 사람들이 비유와 묘사를 잘하듯이 사례를 모으려고 애쓰는 사람일수록 양질의 사례를 얻어낸다. 주변 환경을 모두 콘텐츠와 연관 지어보는 습관을 들이자. 지나치는 광고문 하나, 전단지 문구 하나도 놓치지 말고 작가의 시선으로 바라보자. 어느샌가 어떤 이야기를 하더라도 사례를 들어가며 이야기의 타당성을 높이는 자세가 만들어질 것이다.

좋은 재료끼리도 궁합이 있다. 사례만 많이 모았다고 해서 좋은 메시지가 담기는 것은 아니다. 사례를 어디에 배치할 것인가. 어떤 사례를 사용할 것인가에 따라 글의 깊이가 확연히 달라진다.

사례를 배치하는 위치도 신경 써야 한다. 흥미 유발을 위해선 글의 서론에, 근거로 제시하기 위해선 본론에, 비유적 함축적 주제 전달 효과를 가져오기 위해선 결론에 배치한다. 무작정 긴 문장들로 이루어진 이야기가 좋은 사례는 아니다. 말하고자 하는 바와 일치하는 사례를 가져다 써야 한다. 그렇지 않고선 작가가 먼저 자신의 이야기에서 길을 헤매는 격이다. 사례를 적재적소에 배치해서 글의 주제가 확연해지도록 구성해야 한다. 그래서 각 꼭지의 사례는 2개 정도를 담아서 이해를 돕고 감동을 주되 저자의 의도가 흐트러지지 않도록 접속 문단으로 유연하게 연결 짓는다. 마지막 결론에선 전반적인 내용에 대한 주제를 한 문장으로 축약하여 독자의 마음에 각인시켜야 한다. 적절한 사례가 적절한 위치에서 스스로 활약하게 되면 글은 독자를 끌어들여 작가의 마음과 공감하도록 만들어준다.

이 책을 읽은 여러분이 만약 책을 덮고 자신의 책 제목을 구상해본다면 본 저자의 메시지는 잘 전달된 것이겠다.

5장 4절:

어려운 책 너 같으면 읽겠니?

잘 쓴 글 말고 | 작가에 대한 오해. 즉 글을 잘 쓴다는 것이다. 하
잘 읽히는 글 | 지만 뛰어난 작가는 '잘 읽히는 글'을 쓰는 것이
핵심이라고 한다. 잘 쓰는 것은 재능으로 충족시킬 수 있지만 잘 읽
히는 글은 독자가 좀 더 쉽게 이해시킬 수 있고, 공감을 불러일으킬
수 있을지 고민해보아야만 쓸 수 있게 된다.

작가가 하고 싶은 말을 서술하는 것은 단지 작가를 위한 책 쓰기
가 된다. 읽는 사람의 입장에서 흥미를 느끼도록 만드는 책을 써야
한다. 그렇지 않고 잘 쓴 글에만 치중하게 되면 독자를 고려하지 않
고 작가의 필력을 자랑하는 글에 머무를 뿐이다. 독자를 설득하기
위해선 독자가 원하는 바가 무엇일지 생각해보고 글을 써야 한다.

한 번쯤 연애편지를 써본 경험이 있을 것이다. 정말 내 마음을 온
전히 담아서 보낸 편지가 답장 하나 없이 기약이 없다면 어떤 기분

일까? 상상만으로 가슴이 아프다. 연애편지는 답장이 돌아와야 의미가 있다. 그래야 마음이 오가고 연인으로서 발전할 수가 있다. 작가가 하고 싶은 말을 써놓은 글은 답장이 올 리 없는 연애편지와 다를 바가 없다. 연애편지를 받고 가슴이 떨리고 설레었던 적이 있는가? 그렇다면 그 편지는 누군가의 절실함으로 채워졌을 것이다. 연애편지는 쓴 사람의 손에서 떠나 수신자에게 도착한다. 이때부터는 온전히 편지의 판단은 편지를 받은 사람의 몫이 된다. 답장이 오기 위해선 편지를 읽고 난 뒤 상대가 감동해야 한다. 사람의 마음을 움직이는 것은 글쓰기 기교가 아니라 절실한 마음이다. 공감과 감동만이 사람의 마음을 흔들어 놓을 수 있다.

작가의 마음을 알아주길 바란다면 화려한 문체보다 편안하고 대상 독자가 읽기 쉬운 단어와 문장을 사용해야 한다. 연애편지를 쓰듯이 독자에게 저자의 의도와 주제를 진심 어린 글로 전달하자.

독자는 책을 읽고, 작가는 독자를 읽는다.　글을 쓰는 순간 독자가 생긴다. 작가는 자신의 글을 무조건 신뢰하며 써나가지 않는다. 조언을 얻고, 평가를 구한다. 주위의 조언과 평가에 자신의 글이 흔들리는 것은 좋은 일이 아니지만 그렇다고 읽는 사람의 입장을 완전히 무시할 수도 없다.

앞서 우리는 '기획'을 다룬 장에서 대상 독자를 선정했다. 그들의 교육수준과 배경, 관심사 등에 대해 파악해야 한다. 독자의 눈높이에 맞추어 단어와 문장을 선정해야 한다. 화려한 수식어 구로 문장을 늘리는 것보다 핵심만 담은 간단한 문장을 쓴다. 동화책을 쓰고자 하면서 사자성어를 인용하면 어떨까. 4차 산업과 같은 혁신 기술을 담은 전문적인 책에서 스마트폰, MP3가 무엇인지 정의를 하나하나 기술해둔다면 과연 책에 대한 신뢰가 생기고 흥미가 생길까. 눈살을 찌푸리며 무슨 책을 이렇게 썼나 불평하게 된다. 독자를 고려하지 않은 이기적이거나 우둔한 작가가 되고 싶지 않다면 먼저 독자를 읽어 이해하라.

읽히기 좋은 문장을 쓰는 몇 가지 규칙이 있다.

1. 대상 독자가 이해할 수 있는 수준의 단어와 문장을 선택한다.

2. 하나의 문장에는 하나의 메시지만을 담는다. 글을 쓰는 입장이라면 다들 공감할 것이다. 하고자 하는 말은 많은데 정리가 안 된다. 메시지의 구분 없이 줄줄 이어지는 문장을 보고 있노라면 작가부터가 이해할 수 없다. 한 문장씩 분리해 문장을 이어나가라. 하나의 문장에 하나의 메시지를 담아야 읽기에도 편안하고 메시지 전달도 효과적이다.

3. 불필요한 접속사를 생략한다. 우린 일상에서 대화할 때 '그래서', '그러나', '하지만', '그러므로' 등 수많은 접속사를 사용한다. 지금 써놓은 글을 보며 접속사에 동그라미를 쳐보자. 접속사를 모두 지워보고 소리 내어 읽어보자. 크게 어색하지 않을 것이다. 접속사를 이용해 흐름을 조장하는 것이 아니라 각 문장 간의 흐름이 중요하다.

4. 화려하게 수식한 문장보다 간결하고 핵심을 담은 문장이 파급력이 크다. 책창의 어린 친구들은 명언이나 격언을 듣고 바로 수긍하진 않지만, 문장이 어떤 의미인지 알려주면 동그랗게 뜬 눈으로 고개를 끄덕인다. 대상 독자에게 뽐내는 것이 아니라 차근차근 알려준다는 생각으로 글을 써야 하는 이유다.

5. 의미가 중복되거나 틀리게 사용하는 말을 교정한다. 현재 독자의 수준은 작가와 크게 다르지 않다. 문장의 의미를 파악하기 전에 문장 자체에 결함이 있어선 독자에게 신뢰감을 주기가 힘들다. 작가가 대상 독자의 수준을 파악하듯 독자도 작가의 수준을 가늠할 수 있다. 문장의 질을 개선하고자 한다면 가장 먼저 해야 할 교정작업이다.

작가는 작가인 동시에 독자가 되어야 한다. 책 쓰기는 자신 있게 소신을 밝히는 과정이다. 그 속에서 자신의 책을 사랑하는 동시에 그 타당한 근거를 제시해야 한다. 독자에게 호소하는 것이 아니라 독자에게 호감을 줄 수 있는 문장으로 가득한 책을 써내길 바란다.

5장 **5절:**

한 문장이 내 책을 뜨게 한다

책 쓴다고 큰소리치던 작가들 결국…! | 인터넷 기사를 보면 간혹 자극적인 기사 제목에 나도 모르게 클릭을 하게 된다. 하지만 막상 들어가서 내용을 확인해보면 별 내용이 아니거나 거짓인 경우가 있다. 일명 '낚시글'에 속은 것이다. 예를 들자면 "충격! 청순가련의 여배우, 뒤에서 몰래"라는 기사를 클릭해서 들어가 보면 바쁜 연예 생활과 함께 꾸준히 봉사해왔다는 기사 내용이 나온다. 이렇게 기사의 제목이 강렬한 나머지 내용을 들춰봤을 때 맥이 빠진다. 하지만 제목의 역할로만 보면 조회 수를 올리는 효과는 확실하다고 한다.

본문을 읽으면 목차를 지나 장 제목, 꼭지 제목을 지나 '소제목'을 만나게 된다. 이때 소제목으로 눈길을 끌어야 한다. 처음으로 독자가 책을 제대로 읽으려는 순간이기 때문이다. 앞으로 어떤 이야기가 펼쳐질 것인지 호기심을 불러일으키도록 독자를 끌어들여야 한다. 하지만 낚시 글처럼 내용에서 맥이 빠지는 것이 아니라 어떤 내용이 시작될 것인지 넌지시 눈치채도록 하는 것이 중요하다.

"아무리 유익한 책이라 할지라도 그 가치의 절반은 독자가 창조한다." 볼테르가 남긴 말이다.

작가의 훌륭한 의도가 독자에게 전달되는 것이 중요하다는 말이겠다. 좋은 내용이 담길수록 독자에게 전달하기 위해 힘써야 한다. 센스있는 소제목을 구상하며 어떤 제목에 독자의 흥미를 끌 것인지 연구해보자.

소제목은 최대한 많이, 적어도 50개 이상 만들어두고 스토리와 관련 있는 곳에 넣으면 좋다. 간혹 소제목은 목차의 장 제목, 꼭지 제목과 위치가 바뀌기도 한다. 더 포괄적인 메시지를 담은 제목이 상위 제목으로 이동하고, 사례에 대한 구체적인 방향을 제시하는 제목이 하위 제목으로 이동하는 것이다. 이처럼 좋은 구절들을 50개 이상 만들어두면 이야기의 도입부에서 훨씬 수월하게 시작할 수 있다. 작가도 글을 쓰기 편해지고, 독자에게도 흥미와 호기심을 던지니 일석이조다.

사람은 사람에게 공감한다. | 짧은 글을 잘 쓰는 사람은 누구일까? 아마 보통 카피라이터를 떠올릴 것이다. 광고, 마케

팅, 기사 등에서 한 줄의 문장으로 대중을 주목시키고 중독시키기까지 한다. 특유의 유머와 재치, 타이밍을 모두 겸비한 듯 보이는 이들은 어떻게 글을 잘 쓰게 되었을까?

그들은 첫 번째도 사람, 두 번째도 사람이라고 말한다. 글을 읽을 때 개입하는 사람이 누구인가? 바로 '작가'와 '독자'이다. 둘은 글을 매개로 하여 끊임없이 서로에게 영향을 미친다. 사람은 사람을 통해 공감을 얻는다. 공감은 울림이 있다. 바로 에너지다. 글은 공감을 통해 감정과 감동을 전한다. 사물에 관한 서술은 쉽게 상상이 안 되는 반면, 사람에 관한 서술은 머릿속에 보다 강렬하게 그려진다. 마치 사진이나 영화의 한 장면처럼.

A:무분별한 환경파괴, 이젠 모두의 책임입니다.

B:미래의 아이는 겨울을 그림으로만 보게 될 것입니다.

A는 환경파괴라는 말을 표현한 것이고, B는 미래의 아이에 대한 공감을 유도하고 있다. 메시지는 같지만, 공감을 일으키는 말은 후자이다. 공감은 그저 전달되는 것이 아니다. 이전 독자의 같거나 유사한 경험, 궁금증 해소, 강력한 메시지의 전달이 있어야 한다. 이는 감정을 동요시키고, 머릿속으로 이미지를 연상하고, 마음을 울린다. 이처럼 사람을 공감하게 만드는 메시지. 즉, 사람에 대한 글을 써야 독자를 감동하게 할 수 있다.

■ 공감을 불러일으키는 소제목 짓는 방법 12가지

소제목 구상 방법	예시) 《내 몸값 올리는 말하기 기술》 소제목 발췌
유행어를 적극 활용한다.	여러분의 스피치는 안녕하신가요?
기존의 단어를 조합하여 나만의 용어를 만든다.	직춘기? 직장 생활 사춘기 타파하는 법 긍정도둑의 몽타주
하고 싶지만 못했던 말을 대신해준다.	말 잘하는 사람 따로 있는 게 아니다.
짧은 문장으로 확언한다.	말이 돈이 된다. 목소리는 만들 수 있다.
명령하듯 분명히 지시한다.	말을 많이 하는 것은 결코 말 연습이 아니다. 말하기 계획을 기획하라.
핵심 키워드를 제시한다.	경청, 열심히 말하는 척 잘 듣기 콘텐츠로 공감하라. 세상이 원하는 말하기 스킬
이득, 기회임을 분명히 밝힌다.	'인싸' 가 되는 연습
구체적 방안, 방법을 제시한다.	쉽게 자신감 장착하는 4가지 방법 신뢰감 있는 목소리 만들기
의인화하여 공감을 유도한다.	말투는 체온과 같다.
질문을 던진다.	여러분의 스피치는 안녕하신가요?
대구법을 활용한다.	진정한 시선으로 진정한 시선받기 몸짓을 읽고 몸짓으로 말하다.
명언, 격언을 활용한다.	촌철살인, 한 치밖에 안 되는 칼이 사람을 죽이다.
관련이 없는 것을 연결하라.	조조가 변호사를 가르친다. 불교계의 아이돌 혜민스님

남이 쓴 책 아니야
내가 쓴 책이야

원고가 채택되어 계약을 거쳐
책이 출간되었다. 이미 작가가 되었다면
앞으로 어떤 작가로 살아갈 것인지
생각해보아야 한다.
당연히 '잘나가는 작가'일 것이다.

6장 1절:

좋은 출판사 만나기

좋은 책은 | 출판사에선 매일 쏟아지는 원고를 고르
좋은 출판사에서 나온다. | 고 골라 책과 저자를 선택한다. 출판사
가 지향하는 카테고리와 방향이 가장 밀접한 원고가 택해지는 것이
다. 이와 반대로 작가가 출판사를 선택할 때에도 같은 원리가 적용
된다. 저자가 원하는 방향으로 출판을 진행해주고, 원활한 피드백이
가능한 출판사와 계약을 맺게 되는 것이다.

작가가 쓴 글은 어쩌면 자기 자식만큼이나 공을 들여 분신같이 느
껴진다. 따라서 내 글이 좋은 출판사를 통해서 책으로 세상에 탄생
하길 바라는 마음은 당연하다. 출판사를 잘못 만나서 편집이 다소
마음에 들지 않게 제작된다면 내 글 자체가 무너진다고 느껴진다.
간혹 책의 출간을 기다리는 작가와 마음과는 달리 책의 제작에 긴
시간을 소모하는 경우가 있는데 작가의 속이 타들어 가고 있다는 것

이 눈에 보여 안타깝기 그지없다. 제목과 표지 디자인이 책의 콘셉트와는 맞지 않을 경우엔 홍보에도 영향을 미치므로 민감할 수밖에 없다. 출판사를 잘못 선택했다는 아쉬움은 책을 보면서 내내 느끼게 된다. 종종 작가들이 출판사를 잘못 만나 성의를 기울여 만든 책에 대한 애정이 식어버리고 후일을 전혀 신경 쓰지 않게 되는 경우도 있다. 사소하다면 사소할 수 있는 디테일이 작가에겐 중대한 일이기에 글을 잘 써내는 것만큼이나 출판사와의 협업 또한 중요하다.

책은 한번 출간이 되면 새로운 방식으로 재출간하기가 불가능한 것은 아니지만 시간과 경제적인 이유로 여간 어려운 것이 아니다. 따라서 처음부터 저자 자신과 스타일이 맞는 출판사를 찾아 위의 문제들을 예방하는 것이 가장 현명한 방법이다.

좋은 출판사를 고르는 분명한 기준 | 나의 분신을 더 멋지게 만들어줄 출판사 고르는 방법은 출판사를 선택하는데 자신만의 분명한 기준을 세우고 그 기준에 합당한지를 판단해가는 것이다. 처음에는 출판 관련 용어나 계약에 대한 정보, 편집·제작력, 홍보력 등에 대한 영향력을 종합적으로 판단하기 힘들 것이다. 하지만 자신의 명확한 기준을 설정해두면 이에 부합하는 출판사를 찾으면 된다.

책창에서는 다음의 4가지 기준을 가지고 출판사를 선정하도록 지도하고 있다.

첫 번째 기준. '원고' 뿐만 아니라 '저자'에게도 깊은 관심이 있어야 한다.

출판사에는 인지도 있는 작가가 원고 투고를 하는 것보다 신인 작가들이 보내는 원고 투고가 더 많다. 인지도가 떨어지는 원고에도 원고를 쓴 작가에게도 관심을 가지고 투자할 수 있는 출판사여야 한다.

두 번째 기준. 책을 '명품'으로 만들어줄 곳이어야 한다.

저서를 출간하는 과정에서 적극적인 투자 의지를 보이는 곳이어야 한다. 금전적인 투자뿐만 아니라 제작, 편집, 홍보 과정에 얼마나 구체적인 계획을 가지고 있으며, 확고한 출판 의지를 보여주는가 가장 중요한 기준이라 할 수 있다. 따라서 무조건 대형 출판사와 계약하라고 말할 수 없고, 중소 출판사를 무조건 피하라고 할 수도 없다.

명품과 일반 브랜드의 차이는 시간과 노력이다. 명품은 한 올 한 올 박음질부터 전문 디자이너가 직접 하기에 자신의 철칙으로 여기는 기준에 부합하는 상품을 만들어낸다. 반대로 일반 브랜드는 자동화 기계를 이용해 빠른 시간 안에 많은 물건을 제작하기에 오류가 생길 가능성이 높고 디테일한 부분에서 명품의 질을 구현하기 힘들다.

책은 종이를 비롯한 여러 구성 재료와 다양한 공정으로 만들어진다. 따라서 종이의 재질, 인쇄 오류, 사진의 규격 등 점검해야 할 작고 다양한 요소가 존재한다. 인쇄비의 부담을 안고 고급 인쇄지를 선택하고 표지의 디자인을 트렌드에 맞게 제작하고 오타, 맞춤법 점검으로 책의 어느 한 부분을 놓치지 않은 채 명품 책을 만들어내기 위해 함께 노력하는 출판사를 선택해야 한다.

세 번째 기준. 출판사가 진정한 '을'의 역할을 해주는 곳이어야 한다.

계약서상 '갑'으로 기재되는 작가가 갑의 행세를 하며 일명 '갑질'을 하라는 말은 절대 아니다. 저자의 의견을 경청하고 수용하는 출판사를 선택해야 한다. 출판사의 출판 진행 과정에서 작가가 원하는 바와 출판사가 지향하는 바가 다를 수 있다. 무조건 작가의 의견을 앞세우거나 무조건 출판사의 의견을 따라야 하는 것이 아니라 협의를 통해 조율할 수 있어야 한다. 이는 작가와 출판사 두 입장 모두 책에 대한 애정이 있어야 하며 베스트셀러, 스테디셀러로 이어지겠다는 강력한 의지가 있어야 가능하다.

네 번째 기준. 작가가 '퍼스널 브랜드'를 창출할 수 있도록 돕는 곳이어야 한다.

저서 출간을 통해 작가는 해당 분야의 브랜드를 가지게 된다. 스피치 관련 책을 쓰면 스피치 전문가로서의 브랜드가, 여행 관련된 책을 쓰면 여행 전문가 브랜드, 크리에이터 책을 쓰면 크리에이터 교육 브랜드가 형성된다. 따라서 각 출판사에서 기존 출간한 작가들이 자신의 퍼스널 브랜드를 창출한 뒤 어떤 성과를 얻었는지, 어떤 분야의 스테디셀러, 베스트셀러를 많이 만들었는지 조사해두는 것이 좋다. 더 나아가 출판사에서 강연과 행사 기획을 진행한다면 금상첨화다.

위의 네 가지의 기준을 확고히 한 뒤 출판사와 계약한다면 뒤늦게 후회되는 일은 없을 것이다. 작가가 출판사를 선택하는 기준과 책을 통해 이루고자 하는 바가 모호하다면 출판사의 입장에서도 좋은 계약 조건을 굳이 제시할 필요도 없고, 출판 의지가 생기지 않을 것이다. 서로 win-win 하기 위해 책을 사랑하는 마음을 갖고 출판사의 선정에 힘쓰도록 하라.

■ 자신에게 맞는 출판사 찾기

기존 출판 도서의 성격	
저자에 대한 관심도	
출판사의 장점	
출판사의 단점	
스테디셀러 베스트셀러 분석	

6장 **2절:**

당연히 내 책은 내가 잘 팔지!

———

**잘 팔리는 출판사라면 | ** 작가가 출판사에 원고를 내려고 할 때 가
**놓치지 않는 것 | ** 장 두려운 것은 투고한 원고가 거절당하
는 것일 테다. 이름도 없고 경험도 없는 작가의 책을 낸다는 것은 어
려운 일이다. 출판사에서도 어느 정도 리스크를 부담하는 일이기 때
문이다. 하지만 이름 없는 저자가 출판사의 계약을 멋지게 따내는
방법이 있다.

바로 출간 기획서를 충실히 작성하는 것이다. 출판사에서는 원고
의 내용만으로 출판을 결정하지 않는다. 저자와 책의 분야에 대한
저자의 이해도, 전문성, 앞으로의 활동 계획, 홍보력 등을 종합적으
로 점검하여 출판을 결정하게 된다. 따라서 출간 기획서를 어떻게
써내는가가 출판사의 러브콜을 받을 수 있는 가장 좋은 방법이다.
출간 기획서가 필수적인 것은 아니지만, 책창에서는 기획서 작성법

을 필수 교육으로 선정해두었다. 투고 시에 원고와 함께 출간 기획서를 반드시 메일로 첨부할 것을 권장한다. 원고와 함께 준비된 작가 마인드를 어필할 수 있기 때문이다. 출간 기획서는 책과 저자를 간단하고도 명확하게 설명해주는 핵심 설명서다. 기획서를 읽고 출판사가 여러분과 여러분이 쓴 책에 매력을 느끼고 출판하고자 하는 의지가 생기도록 만들어라.

출간 기획서는 어떻게 작성하는 것일까. 앞서 4장에서 작성한 '육하원칙 기획'을 가져와 함께 읽으며 출간 기획서 작성에 참고하면 도움이 될 것이다.

■ 출간 기획서 양식

* 인적사항

성명	
휴대전화	
주소	
이메일	
블로그&SNS	
저자 프로필	

1. 저자소개

정확한 저자에 대한 정보를 기재한다. 별명, 필명, 가명을 쓸 때는 괄호 안에 자신의 본명을 기재하여 계약 후, 표지 제작, 계약금 납부, 인세 입금 등에서 혼동을 빚지 않도록 유의한다. 또한, 원활한 의사소통을 위해 언제든 연락이 가능한 전화번호를 기재한다. 주소, 이메일, 블로그 · 카페 등의 주소나 SNS 계정을 기재하는데 특히 최근엔 SNS 마케팅을 선호하기 때문에 다양한 SNS 활동이 가능하다는 것을 어필하는 것이 좋다. 저자의 프로필은 간략하면서도 인상적이어야 하므로 이력 사항을 강조하여 적는다. 자신의 직업이나 커리어뿐만 아니라 자신이 책을 통해 지향하는 방향에 대한 '타이틀'을 제시함으로써 작가의 비전을 나타낸다.

2. 가제와 부제

1	
2	
3	

세 가지 정도 책 내용에 맞는 제목을 선정하고 가제라고 표시하여 후보 제목을 쓰는 것이 좋다. 가제라고 해서 아무렇게나 지어두는 것이 아니라 책의 주제와 작가의 의도를 가장 잘 나타내는 제목을 생각해본다. 책의 제목은 원고를 작성하는 내내 꾸준히 고민해보면서 여러 가지를 만들어두면 기획서를 제출할 때 도움이 된다.

3. 책 소개

1) 기획 의도

'책을 쓴 이유' 이다. 출판사의 입장에서 쓰는 것이 좋다. 수많은 기획서를 읽어야 하는 출판사에선 기획 의도가 명확하게 제시되어 있지 않은 기획서는 매력을 느끼기 힘들다. 온·오프라인 서점에서 책을 소개한다면 어떻게 쓸 것인가? 상상하며 쓴다면 도움이 될 것이다.

2) 대상 독자층

작가가 바라는 독자층을 설정하는 것이다. 어떤 독자층이 읽었을 때 도움이 될 것이며, 어떤 독자층에 메시지를 던지고자 했는지 생각해보면 된다.

3) 책의 콘셉트

책의 주제와 특징을 설명한다. 기존에 출간된 도서와의 차별점을 부각하고, 앞서 밝힌 대상 독자가 읽었을 때의 이점을 나타낸다.

4) 이 책의 목차

목차는 책 한 권을 미리 보기 하듯이 내다볼 수 있는 도구이다. 따라서 책에서 가장 중요한 부분을 차지한다. 출판사는 긴 원고를 읽어보기보다는 목차를 보고 각 장이나 절의 내용을 읽어보기 때문에 장-절의 형식으로 간단하게 목차를 차례로 적는다.

5) 예상 페이지 수

책의 분량을 적는다. 총 페이지 수, 글자 크기, 폰트, 여백과 같은 원고 정보를 적는다.

6) 원고 완성 일정

출판 계약 후 작가가 원고를 최종적으로 제출할 일정을 설정한다. 출간을 희망하는 시기를 설정할 수도 있다.

7) 홍보계획

가능한 모든 홍보 활동을 기재한다. SNS 활동 시 보유하고 있는 구독자 및 팔로워 수, 블로그 이벤트 활동 계획, 교재로 사용할 시 작가 구매량 등을 어필할 수 있다.

8) 샘플 원고

출간 기획서와 함께 샘플 원고 준비한다. 샘플 원고는 목차에 해당하는 원고의 일부를 준비하는 것이 좋다. 이때 분량이 너무 많을 경우, 출판사에서 효율적으로 검토하지 못한다. 하지만 확실한 어필을 위해 원고 전문을 첨부하는 경우도 있으니 원하는 방향으로 결정하면 되겠다.

출간 기획서를 통해 출판사는 저자와 책에 대해 파악하고 출판을 결정한다. 물론 매력적인 출간 기획서를 뒷받침하는 충실한 원고가 있어야 한다. 따라서 '원고만 멋지게 쓰면 된다.', '기획서만 잘 쓰면 출간은 식은 죽 먹기야.' 라고 생각하지 않고, 끝까지 충실하게 출판 과정에 임하길 바란다.

■ 출간 기획서 작성해보기
＊ 인적사항

성명	
휴대전화	
주소	
이메일	
블로그&SNS	
저자 프로필	

＊ 가제/부제

1	
2	
3	

1) 기획 의도

2) 대상 독자층

3) 책의 콘셉트

4) 이 책의 목차

5) 예상 페이지 수

6) 원고 완성 일정

7) 홍보계획

8) 샘플 원고

6장 3절 :

파일 첨부해서 보내는 게 투고 메일이라 착각하면 큰일

———

투고 메일 = 고백 편지 | 앞서 연애편지를 보낼 때 받는 사람의 입장에서 써야 한다고 했다. 편지를 받은 사람의 입장을 고려하지 않고 무작정 주는 사람의 마음만 내세운다면 부담을 느끼거나 서툰 표현에 마음이 제대로 전달되지 않을 수도 있다. 받는 사람이 어떻게 해석할지, 어떻게 받아들일지 생각하며 글을 쓰게 되면 진정성 있는 글이 담기게 된다.

투고 메일을 보낼 때도 똑같은 원리가 적용된다. 원고를 받아본 출판 담당자가 어떤 마음으로 읽을 것인지 고려해야 한다. 출판사가 가장 먼저 여러분의 책을 읽어볼 '첫 번째 독자'이기 때문이다. 따라서 출판 담당자가 출판 의지가 생기도록 투고 메일을 보내야 한다.

투고 메일을 보낼 때면 극도의 긴장감이 밀려온다. 이전에 거절의 메일을 받아본 경험이 있다면 더욱 그렇다. 투고 메일은 사랑하는 사람에게 고백하러 가는 길과도 같다. 거절당할지 승낙받을지 모르지만, 용기를 짜내야 한다. 그저 용기만 내고 승낙받겠다는 욕심을 부리지 않는다면 절실함이 묻어나지 않는다. 승낙받을 수 있도록 써내는 것이 무엇보다 중요하다. '나와 맞는 곳은 분명 있다.'라고 생각하며 투고 메일을 보내라!

고백을 준비하라 │ 투고 메일을 보내려면 출판사의 이메일 주소를 선별해야 한다. 출판사 목록은 온·오프라인 서점에서 조사할 수 있다. 먼저 저서의 카테고리에서 베스트셀러와 스테디셀러를 펼치고 이메일을 적는다. 기존에 원하던 출판사가 있었다면 어떤 분야의 도서가 주력이며, 베스트셀러와 스테디셀러 선정 여부를 알아본다. 출판사 이메일 목록은 최소 50개 이상으로 구성하는 것을 추천한다. 이렇게 선별한 이메일 주소는 하나로 나열해놓는 것이 아니라 그룹화시켜서 1그룹, 2그룹 등 자신만의 기준으로 구별해두는 것이 체계적으로 사용하기 편리하다.

각 그룹에 맞춰 기획서와 원고를 첨부하여, 투고 메시지를 작성한다. 메일을 보낸 뒤 반응을 살펴본다. 만약 적극적으로 계약을 원하는 반응이 없다면 다음 그룹 메일을 보낸다. 이때 출판사에서는 작가가 보낸 원고를 즉석에서 읽어보고 출간 결정을 내리는 것이 아니라 정기 회의를 거치고 검토 작업 후 출간 희망 의사를 밝히기에 조급한 마음은 내려놓도록 하자. 차라리 원고 작성으로 힘쓴 자신에게 잠깐의 여유를 선물하라. 여러분의 절실함만큼이나 원고를 보고 진정성을 느낄 출판사가 나타날 것이다. 혹 여러 곳의 출판사에서 러브콜을 받게 되면 성급히 결정하지 않고 순서대로 미팅을 가지며 출판 담당자와 여러 조건과 건의 사항을 밝혀라.

투고 메일을 보내기 전 출판사 홈페이지나 SNS 계정을 통해 투고 방법을 확인하고 출판사 고유 분위기를 파악하는 것도 좋다. 고백할 때 우리는 상대가 무엇을 좋아하는지 사전 파악하여 선물도 같이 준비하지 않는가? 그런 마음으로 투고 메일을 준비하자.

파일 첨부해서 보내는 게 보통 투고 메일이라 착각하면 큰일

출판사는 하루에 수십, 수백 통의 원고 투고를 받는다. 따라서 투고한 모든 메일을 열어보고 확인하는 것이 어렵다고 한다. 매일 'OOO 원고 투고합니다.'라는 제목의 이메일이 쏟아지는데 출판 담당자가 모든 원고를 읽어보고 확인할 수 있을까? 입장을 바꿔보자. 서점의 베스트셀러도 모두 열어보기 힘든데 이제 막 써낸 원고를 모두 확인하려 드는 것은 상당한 시간과 노력이 소요되는 일일 것이다. 따라서 자신의 원고를 눈에 띄게 하여 꼭 읽을 투고 메일로 만들어야 한다.

눈에 띄는 투고 메일을 쓰는 방법, 첫 번째, 메일 제목에 '가제'를 먼저 제시하라. 여러분이 쓴 가제가 타인과 중복되지 않고, 저자의 의도를 한 번에 담고 있는 것이 바로 제목이기 때문이다. 제목이 출판사가 지향하는 주제와 관련되어 있다면 자연스럽게 출판 담당자의 눈길을 얻을 수 있다. 거기에 메일 본문에 어필할 수 있는 메시지를 담는다면 금상첨화다. 출간 기획서와 원고만 첨부해서 보내는 것은 다소 성의 없어 보일 수 있다. 이메일 본문에 타 원고와의 차별성, 자신이 가진 홍보력, 작가 마인드를 담고 마무리로 꼭 출판사에 대한 감사 인사를 남기자. 대한민국은 동방 예의지국, 예의를 갖춘 사람은 상대의 마음을 열 수 있다. 아무리 출판사가 원고를 채택하여 책을 내어주는 일을 하는 곳이라지만 그에 대해 감사를 표하는 것은 작가 자신을 위한 일이기도 하니 잊지 않길 바란다.

두 번째, 일주일이 시작되는 월요일, 출판사가 출근하는 시간을 노려라. 수없이 쏟아지는 원고에 수많은 메일로 페이지가 넘어가 버린 원고까지 모두 챙길 수 없다. 아침 8시 30분에서 9시 30분까지의 시간에 예약 메일을 발송하라. 회의로 업무를 시작하는 곳도 많기에 회의 시간 전에 메일이 도착해있다면 자연스럽게 논의사항으로 채택되니 더욱 효과적이다. 월요일 아침 새롭게 시작하는 원고가 나의 원고이길 바란다면 이해가 쉬울 것이다.

세 번째, 예약 메일을 활용하라. 선정해둔 출판사 메일을 하나씩 입력하여 발송하기엔 시간이 많이 소요된다. 따라서 '받는 사람' 항목에 이메일 주소를 모두 입력하고 예약 시간을 설정해두면 편리하게 투고 메일을 보낼 수 있다. 이때 주의해야 할 점이 있는데 바로 '한 명씩 보내기' 또는 '개인별' 항목에 반드시 체크 하는 것이다. 단체 메시지를 받았을 때를 떠올려보라. 관심도 가지 않고, 눈여겨보지 않듯이 한 곳, 한 곳 개인에게 보내는 것이 더욱 효과적이고 성의가 느껴진다. 한 번에 여러 사람에게 고백하는 사람은 없지 않은가? 상대가 자신을 가볍게 여긴다는 생각이 들지 않도록 주의하는 것이 좋다.

긍정적인 답변이 돌아오지 않을까 봐 걱정되고 긴장될 것이다. 자신이 선정하고 출간하길 원하는 출판사에서 러브콜을 받을 수 있기를 간절히 바랄 것이다. 하지만 출판사의 러브콜보다 더 중요한 사실은 여러분이 원고를 완성했다는 사실이다. 자신이 투고 메일을 보내고 긴장되는 시간을 보내고 있다면 격렬한 축하를 건네며 와락 안고 싶다. 여러분은 원고 완성과 투고의 과정까지 도달했다. 자신의 꿈을 믿고 긴 시간을 몰입해온 자신에게도 응원과 수고의 칭찬을 해주길 바란다. 진정성이 묻어나오는 원고에 감동받은 출판사에서 여러분에게 곧 러브콜을 보내올 것이다. 그 누구보다 보람찬 마음으로 답변을 기다리길 바란다.

6장 4절:

계약서 알고 읽어야지?
그냥 읽고 사인하면 큰일 나!

출판사는 굳이 설명하지 않는다. ‘출판권 설정 계약서’. 이미 여러 번 출간해 본 작가분들이라면 익숙한 글자겠지만 첫 출간인 새내기 작가에게는 가슴이 터지도록 뛰는 단어일 것이다. 뛰는 가슴을 안고 아직 계약서의 내용을 모두 점검하지 않은 채로 자신의 책이 세상 밖으로 나온다는 기대감에 아무 고민 없이 사인을 해버린다.

작가가 계약서에 도장을 찍거나 사인을 하는 동안 작가가 묻지 않는다면 출판사에서는 굳이 계약권에 대한 설명을 해야 할 의무가 없다. 계약을 완료한 뒤 문의 사항이나 건의 사항이 생기더라도 이미 계약 시 의견을 제기하지 않았기에 효력이 없는 경우가 있다. 계약서는 일정 기간을 전제하므로 출간 후 계약 기간 내내 후회하게 된다.

출판사마다 계약 항목은 다소 차이가 있으며, 이를 사전에 확실하게 확인해두지 않으면 추후 작가의 입장에서 난처한 경우가 생긴다. 전체적인 큰 틀은 다르지 않지만, 세부 항목에서 중요한 차이가 있을 수 있으니 출판 계약서는 신중하게 들여다보아야 한다. 또한 출판 계약서에 기재되어 있는 단어들은 평소에 사용하는 어휘가 아니기에 미리 계약서의 어휘에 대한 정보가 있다면 계약서를 점검하는데 도움이 될 것이다.

계약서 어휘 파헤치기 │ **1. 저자와 출판사는 어떤 관계일까?**

계약서상 저자는 '저작권자'가 되고 출판사는 '출판권자'로 기재되어 있다.

저작권이란 인간의 사상, 감정을 표현한 창작물이므로 저작물에 대한 배타적, 독점적 권리를 말한다.

출판권은 저작자가 스스로 그 저작물을 출판할 권리 및 저작자로부터 저작물을 출판할 권리를 인수한 자가 그 저작물을 출판할 수 있는 권리를 말한다.

출판사와 계약을 한다는 것은 쉽게 말해 저자로부터 출판권을 인수받는 것이다. 계약일로부터 시작하여 초판 1쇄 발행 이후 5년 동안 유효하다는 계약서가 대다수이다.

2. 인세 계약은 케바케 (case by case)

인세는 처음 책을 내는 새내기 작가의 경우 7% 정도에 계약하는 경우가 많다. 하지만 도서 정가의 10%가 이상적이다. 이때 출판사에서 제시하는 인세 지급 항목이 은근히 차이가 난다. 일정 인세를 먼저 지불받는 선인세 방법, 매달 지급일을 정하여 지급하는 정기 인세 방법이 있다.

3. 증정 부수의 정도

증정 부수는 초판 1쇄 발행하면 출판사는 10권~20권을 저자에게 증정하는 경우가 대부분이다. 증쇄 발행 시에도 출판사마다 제공하는 부수나 내용을 명시하는 것이 다르다. 증정 부수 이외에 작가가 따로 책을 구매하도록 권하는 경우 계약 내용에 따라 정가의 약 70% 정도의 가격으로 출판사로부터 일정량의 도서를 구매하게 된다.

종이책을 동시에 전자책으로 출간했을 경우 전자책에 대한 인세 방식 또한 출판사마다 차이가 있다. 전자책 판매이익의 50%를 저자에게 인세로 지급하는 출판사도 있으며 전자책 판매에도 종이책의 인세와 같이 적용하는 곳도 있다. 전자책 또한 케바케다.

4. 원고 마감의 시기

작가가 가장 압박받을 수 있는 항목이다. 바로 '원고 마감 시기'

이다.

계약서에 년, 월, 일 또는 개월 수 내에 완전한 원고를 출판사에 인도해야 하는 시기를 기재한다. 신중하게 생각해야 할 부분이다. 시간이 짧으면 미완성 원고를 제출해야 하고 시간이 너무 길다면 출간 시기가 그만큼 지연될 수밖에 없다. 원고 마감 시기를 신중하게 설정하고 책임을 다해 그 시기 안에 제출할 수 있도록 노력해야 한다.

5. 홍보책 부수

저서 출간 후 출판사는 홍보의 목적으로 언론매체에 알리거나 서평단을 모집하기 위해 일정 권수의 책을 사용한다. 이때 사용될 부수를 미리 계약서에 기재하여야 한다. 홍보용으로 사용된 책은 판매가 된 것이 아니므로 작가가 인세를 받을 수 없다. 홍보 부수의 적정 수준을 생각하고 상세하게 계약하는 것이 좋다. 출판사의 홍보력을 믿고 과감히 투자한다고 생각하면 좋다.

6. 출판권 설정 기간

출판권 설정은 보통 5년으로 책정된다. 개인 사유가 있다면 출판권 계약 기간은 줄일 수 있다. 출판권 설정이 길면 작가들은 부담스럽기 마련이다. 내가 쓴 글, 나의 분신이 5년간 출판사에 붙잡혀 있다고 생각이 들기 때문이다. 하지만 그런 생각과는 달리 출판사는 5년 동안 책을 홍보하고 마케팅에 힘써줄 것이기에 작가는 기간에 집중하지 않고 노력할 수 있는 분야에 집중하는 것이 좋다. 다만 설정한 출판권 설정 기간동안 책이 유통되지 않는다면 작가는 출판사에 계약 해지를 통보할 수 있다.

7. 그 외에 피해야 할 사항

출간 계약 설명과 과정에서 불성실한 태도를 보이는 출판사와의 계약은 피해야 한다. 이유 없이 출간 계약을 미룬다던가 계약의 내용이 불분명하던가 특약 사항을 생략하는 출판사와의 계약은 무조건 피하는 것이 상책이다. 추후 작가에게 자비 출판을 유도하며 책 제작 비용, 홍보비용을 요구하는 출판사도 있다. 저자에게 책 구매를 강요하거나 합당한 이유 없이 낮은 인세를 제시하거나 판매 보고 및 인세 지급일을 지키지 않는 출판사로 알려진 경우 혹은 이러한 부당한 경우를 겪은 작가가 있다면 사전에 미팅이나 계약 진행을 멈추고 다시 한번 고려해보길 바란다.

대형 출판사의 경우 자금력이 우수하여 인세 지급 방식이나 마케팅에 힘을 실어주는 경우가 많다. 그렇다고 규모가 작은 출판사가 자금력이 부족하여 무조건 홍보력이 저조하고 인세를 미루는 등의 단점이 있는 것은 아니다. 책이 꾸준히 출판되고 독자들의 신뢰를 얻는 책을 만드는 출판사라면 규모에 큰 관계없이 계약을 진행해도 좋다. 최근에는 신생 출판사가 많이 생겼다가 없어지는 불황의 추세를 보인다. 따라서 초판 1쇄 인세를 지급하지 않는 경우도 있는데 이는 출간 계약서를 미리 이해해두지 않는다면 쉽게 이해하기 힘든 부분이다. 작가가 먼저 자신의 책에 대한 애정만큼 계약 준비도 철저히 하여 현명한 출간 계약으로 이어져야 한다.

출판권 설정 계약서(예시사항)

저작권자 표시

성명:

주민번호:

주소:

저작물의 표시

제호:

부제:

위의 저작물을 출판함에 있어 저작권자 　　　을(를) 〈갑〉(복제권자)이라 하고, 출판자 　　　을 〈을〉(출판권자)라 하여 다음과 같이 계약한다.

　제1조 (출판권) 1. 본 계약의 체결로 "갑"은 저작물에 대한 복제, 배포의 출판 제작을 위한 저작물 이용 출판권을 "을"에게 위임한다.

　2. 제1항의 출판권은 발행일로부터 5년간 존속한다. 계약 만료일 1개월 전까지 어느 한쪽에서 문서에 의한(우편 발송 시 등기우

편) 통고에 의하여 해지할 수 있다. 계약 만료일 1개월 전까지 쌍방이 아무런 통지를 하지 않는다면 5년간 자동으로 연장된다.

제2조 (배타적 이용) "갑"은 본 계약 기간 중 저작물의 제호 및 내용의 전부 또는 일부와 동일 또는 현저히 유사한 저작물을 출판하거나 타인으로 하여금 출판하도록 하여서는 안 된다.

제3조 (저작권료) 1. "을"은 전자출판 e-book 제작을 위한 저작물 이용 출판물에 대한 인세로서 "갑"의 저작물에 대한 저작권료를 지불하며, 판매 수량에 따라 전자책 1부당 판매 수익금의 30%를 지급하기로 한다. 종이책의 경우, 정가의 10%를 지급한다.

제4조 (비용 부담) "을"은 출판물 판매, 광고에 필요한 모든 비용을 부담하되 협의에 의해 "갑"이 동의하면 분담할 수 있다.

제5조 (원고 인도) 1. "갑"은 저작물의 이용 출판에 필요한 원고(사진, 그림 또는 그 밖의 자료 포함)를 본 계약의 체결일부터_일 이내에 "을"에게 파일 형태로 제출하여야 한다. "을"은 완전원고를 인도받은 날로부터 _개월 이내에 본 저작물을 발행하여야 한다.

제6조 (교정 등) 1. 저작물의 교정은 원칙적으로 "갑"이 책임진다.

2. "을"은 "갑"이 제출한 저작물을 완료할 때까지 저작물의 일부에 대한 수정 요청, 또는 협의하여 수정할 수 있다.

제7조 (출판) 1. "을"은 "갑"의 저작물에 대하여 "을"의 계획으로 출판업무(도서제작, 편집, 표지 디자인, ISBN 코드발급, 납본-국회도서관, 국립중앙도서관, 문화관광부, 판매, 홍보) 및 배포의 책임을 진다.

2. "을"은 저작물의 판형, 정가, 제책, 발행 부수, 증여 시기 및 선전, 판매의 방법을 결정한다. 다만, 저작자의 의견을 존중하여 최대한 의사를 반영하도록 한다.

제8조 (발행일) "을"은 "갑"으로부터 원고가 최종 완성된 날로부터 전자책의 경우 1개월 이내에 발행한다. (다만 부득이한 사정이 있을 때는 갑과 협의하여 그 기일을 변경할 수 있다.)종이책의 경우 다시 협의하여 발행한다.

제9조 (개정판 등) 본 저작물의 개정판, 증보판, 문고판 등의 발행에 있어서 "갑"과 "을"이 협의하여 결정한다.

제10조 (지적 재산권) "갑"은 본 저작물이 제3자의 권리를 침해하거나 명예훼손 등의 문제가 발생하여 을 또는 제3자에 대하여 손해를 끼칠 경우에 민·형사상의 책임을 진다.

제11조 (2차적 저작권) 본 계약이 유효한 동안에 본 저작물이 번역, 축약, 축역, 또는 번안되어 복제할 수 있다. 본 저작물을 이용한, 연극, 영화, 방송, 녹음, 멀티미디어 등의 대본으로 제작에 사용하는 2차적 저작물의 권리는 성사시킨 쪽이 8, 상대방이 2로 수익금 비율을 정한다. 광고, 홍보를 목적으로 본 저작물은 갑의 협의 없이 사용할 수 있다.

제12조 (해외저작권) 1. 이 계약에서 정한 조건과 방법에 따라 세계의 온라인 및 오프라인 서점을 포함한 출판시장에 위 저작물을 전 세계의 모든 언어로 번역하여 출판하거나 e-Book(전자책) 등 디지털콘텐츠로 제작하여 배포 및 전송의 방법으로 판매할 수 있는 독점적인 출판권 및 배타적 발행권(전송권)를 부여한다.

2. "을"은 이 계약 이후, 일정한 기간을 정하지 않고 어느 때든 해외 출판 계약이 이루어졌을 때 출판한다.

3. "을"은 저작물을 종이책으로 출판한 경우 출판 본 10부를 출판 개시 후 1월 이내에 국내 저작권자에게 무료로 송부해야 한다.

재쇄의 경우도 마찬가지이다. 국내 저작권자는 그 이상의 부수에 대해서는 해외 출판권자로부터 판매 정가의 70% 가격으로 추가 구매할 수 있다. 저자 인세는 수출 체결한 해외 출판사에서 갑에게 입금한 금액 중 제세 공과를 제외한 금액의 50%를 지급한다.

제13조 (비밀유지 의무) "갑"과 "을"은 업무상 알게 된 서로의 비밀이나 쌍방의 일에 대해 비밀유지 의무가 있다.

제14조 (해지) 1. 당사자 일방이 본 계약의 의무사항을 위반하였을 때 상대방은 위반사항의 시정을 요구할 수 있고 시정이 되지 아니할 시 계약을 해지할 수 있으며 이로 인한 손해 배상을 청구할 수 있다.
2. "을"에게 천재지변 등 불가항력적 사유 또는 사업의 부도, 가압류, 가처분 신청 등과 같은 사업의 불확실 사유가 발생 시에는 "갑"은 본 계약을 해지할 수 있다.

제15조 (소송 관할) 1. 본 계약과 관련한 분쟁이 발생할 경우 "갑"과 "을"은 제소에 앞서 저작권심의조정위원회 조정을 받도록 한다.
2. "갑"과 "을" 사이에 제기되는 소송은 "을"의 사업장 소재지

를 관할하는 법원을 제1법원으로 한다.

특약사항

본 계약을 증명하기 위하여 계약서 2통을 작성하여 〈갑〉과
〈을〉서명 날인한 다음 각 1통씩 보관한다.

년   월   일

저작권자(갑)

("갑") 이름: (인)

　　주민등록번호 :

　　주소:

　　전화번호 :

　　입금 계좌번호 :

출판권자(을)

("을") 상호:

　　사업자 번호 :

　　주소:

6장 5절:

작가로 뒤집는 인생!

어떤 작가로 | 작가의 삶은 천차만별이다. 가난한 작가, 책을 출
살고 싶은가? | 간했음에도 알려지지 않아 아무도 책을 쓴 줄 모
르는 작가, 미적지근한 반응으로 저서를 쓰기 전과 달라진 점이 없
는 작가, 독자의 사랑을 받고 강연 요청이 빗발치는 작가, 여러 매체
의 관심을 받는 작가, 대작으로 인정받는 작가, 동기부여의 아이콘
이 되어 메일 멘티의 메일이 쏟아지는 작가.

원고가 채택되어 계약을 거쳐 책이 출간되었다. 이미 작가가 되었
다면 앞으로 어떤 작가로 살아갈 것인지 생각해보아야 한다. 당연히
'잘나가는 작가'일 것이다. 잘나가는 작가가 되는 방법은 사실 어렵
지 않다. 셀프 PR을 하라! 원고를 넘겼다고 해서 홍보와 마케팅을
출판사에만 맡기는 것은 어리석은 일이다. 출판사는 여러분의 책 한
권의 홍보에만 집중하는 것이 아니라 다른 수많은 책을 마케팅한다.

가장 주력이 되어야 하는 홍보는 바로 작가 자신이 힘쓰는 것이다. 자신의 책을 가장 잘 알릴 수 있는 것은 다름 아닌 작가 본인이다. 무작정 혼자서 해내는 것보다는 출판사와 사전에 홍보 전략을 수립한다면 출판사 단독으로 혹은 작가 단독으로 홍보에 노력하는 것보다 더욱 파급력이 높을 것이다.

저자가 직접 할 수 있는 홍보 방법에는 대게 출판기념회, 저자 사인회 두 가지를 생각한다. 하지만 우린 더 나아가야 작은 부분에서부터 출발할 필요가 있다. 자주 가는 카페나 미용실 등 사람의 발길이 자주 닿는 곳에 자신의 책을 선물하고 잘 보이는 곳에 비치하도록 요청한다. 가동 가능한 인맥을 모두 사용하라. 자신이 직접 쓴 책을 선물로 주는 것이기에 받는 사람, 주는 사람 모두 win-win 할 수 있고, 더욱 의미가 있다.

또한, SNS 계정을 적극적으로 사용하자. 블로그나 카페 활동을 겸하는 것도 물론 좋은 방법이다. 전국적으로 발로 뛰지 않아도 SNS 계정 하나로 전국으로, 전 세계로 책을 알릴 수 있다. 자체적으로 출간기념 이벤트를 진행하거나 서평단을 모집하여 사인과 함께 저서를 선물하도록 하자. 작가가 스스로 할 수 있는 일이며 독자와 직접 만나는 홍보법이니 진심을 전달할 수 있는 좋은 방법이다.

도서관, 문화센터에서 열리는 강좌에 참여하는 방법도 있다. 강의 계획서를 시기에 맞게 제출하여 인원을 모으고, 강연의 기초 또한 쌓을 수 있으니 여러 방면에서 이점이 있다.

책이 전국적으로 움직이기 위해서는 작가가 스스로 움직여야 한다. 고리타분한 사고방식에 갇혀, 작은 방 안에 갇혀 책을 완성하고 받는 '인세'라는 수익에서 멈추지 않아야 한다. 강연과 교육으로까지 발을 넓혀 '잘나가는 작가'의 삶으로 변화해야 한다.

뒤집어라. | 1인 미디어 시대를 맞아 작가들은 책 출간에서 멈추지
인생! | 않고 자신의 책을 콘텐츠로 유튜브라는 시장에 뛰어들고 있다. 자신의 책을 썸네일로 사용하거나 타이틀로 여기며 유튜브를 통해 홍보하고 콘텐츠를 강화하면서 수익을 얻고 있다. 작가는 책이라는 매체를 통해 잠재력을 끌어올려 작가에 머무르는 것이 아니라 크리에이터, 동기부여가, 멘토, 사업가라는 여러 가지 커리어를 동시에 얻으며 꿈을 실현할 수 있다. 책을 내서 서점에서 팔리기만 기대하고 원고 작성에만 심혈을 기울이는 작가는 이제 출판사에서 환영하는 인재로 대우받지 못한다. 독자 또한 소통하지 못하는 작가를 원하지 않는다. 시대가 변하고 있는 만큼 창작물을 내는 작가의 태도가 발맞추어 함께 변화해야 한다.

책을 통해 자신의 이름이 브랜드가 되는 세상에 살아가고 있다. 100세 시대, 초고령화 사회에서 끊임없이 활동하고자 한다면 책을 이용하여 가능성을 열고 기회를 얻는 것이 필수가 되어가고 있다.

대학, 대학원 졸업장을 취득하기 위해 들이는 노력에 비해 훨씬 손쉽고, 효과적인 전문가로서 발전할 수 있는 방법이다. 작가 데뷔를 통해 책과 함께 일하라. 책은 스스로 생명성이 있어 전국, 세계를 누비며 영향력을 미칠 것이다. 작가는 책의 생명성을 이용해 강연과 컨텐츠화에 힘쓴다. 이는 퍼스널 브랜드로 이어지며 '잘나가는 작가'의 인생으로 여러분의 인생을 180도로 뒤집는 과정이다.

자신의 책 한 권이라는 분신을 만들고 1인 창업가로, 1인 경영인으로 살아가라. 〈책창〉 대표 임시완 작가, 〈트윙클 컴퍼니〉 대표 박비주 작가를 비롯해 책을 써서 성공한 모든 작가를 보면서 타인의 지시와 권한으로 뒤집어지는 것이 아니라 자신의 의지로 인생을 뒤집어라.

어떤 가능성이, 어떤 기회가 당신을 기다리고 있을지는 모르지만 원고를 쓰기 전의 당신이, 원고를 써나가는 당신이, 원고를 투고하는 당신이, 계약서를 받아든 당신이 원하는 그 '명확한 인생'으로 뒤집기를 바란다.

"여러분이 작가가 되겠다는 다짐을 세우고, 책 쓰기를
실천하고, 다짐한다면 언젠가 작가가 된다"

책을 고를 때에는 먼저 표지에 시선을 빼앗기
고, 목차에 마음이 동하고, 본문을 통해 의식과 행동이 변한다. 이는
독자가 책을 한 권 구매하고, 읽고, 누리는 과정이다.

작가는 '독자가 책을 어떻게 대할까?' 끊임없이 고민한다. 표지의
문구와 색이 독자의 시선을 사로잡을 수 있을지, 목차가 책 전체의
흐름을 잘 나타내는지, 본문이 전하고자 하는 메시지가 얼마나 맛좋
은 모양새로 담겨있는지.

반대로 독자는 책을 고르고 나서는 크게 고민할 일이 없다. 열심히
읽고 느끼는 것에 집중하면 된다. 하지만 여러분이 이 책을 읽고 난
뒤라면 고민이 생겼을 테다. '어떤 책을 써야 할지', '어떤 주제를 담
아낼지', '과연 책을 쓸 수 있을지', '책이란 내게 무엇인지', '왜 자
신이 책을 쓰고자 하는지'. 이중 어느 하나라도 고민을 시작한 사람

이라면 지금부터 우리의 관계는 달라진다. '작가와 독자'의 만남에서 '작가와 작가가 되고자 하는 이'의 만남으로. 더 나아가 '작가와 작가'의 만남으로. 여러분이 갓 시작한 작은 고민은 훗날 어느 작가에게 언젠가의 추억으로 남을 것이다.

〈책창〉을 운영하면서, 책 쓰기 수업을 진행하면서 나도 많은 고민에 사로잡혔었다. 과연 책 쓰기 과정을 잘 담아낼 수 있을지, 책 한 권에 어떤 내용을 담아내어야 할지, 수많은 책 쓰기 책 중 어떻게 내 책만의 매력을 만들어 낼 수 있을지. 고민하고 답을 내리는 과정을 수없이 반복한 결과, 《쫄지마, 책쓰기》가 세상에 선보이게 된 것이다. 고민하는 것은 어쩌면 당연한 과정이다. 하지만 고민에서 그친다면 당신이 작가가 될 가능성은 굉장히 낮다. 한 문장의 질문, 한 문장의 답이라도 먼저 글로 옮기자. 여러분이 작가가 될 수 있는가의 가능성은 한 문장의 질문에서 시작한다.

'출판기획 책창'에서 책 쓰기 수업을 운영하며 책과 작가에 대한 수많은 편견에 부딪혀왔다. 자신의 글쓰기 실력을 탓하고, 부족한 시간을 탓하고, 또 여러 가지 이유 앞에서 원고 몇 장을 쓰다가도 이내 포기해버리는 사람과 작가와 책의 가치를 무시하거나 열등감의 소비재로 여기는 사람. 둘 다 안타깝기 그지없었다. 자신이 가진 잠재력과 아직 광내지 않은 가치를 등한시하고 무시하는 그들의 태도는 앞으로 한 걸음 더 나아가야 할 그들의 미래에 그림자가 드리우는 것과 같았다.

하지만 어느 때에도 잠재력을 끌어내어 능력으로 만들고, 반짝이는 가치로 빛나는 사람들이 있었다. 전자와 후자의 차이는 단순하다. '자신을 믿는가?'의 여부였다. 자신이 책을 쓸 수 있다고 믿고, 자신의 부족함을 채울 수 있음을 믿고, 자신을 믿어주는 사람을 믿어라. 끝내 책을 써내는 사람은 글쓰기 실력이 좋은 사람이 아닌 한 페이지라도 끝까지 써내는 사람이었다. 생각과 신념을 글로 옮겨적는 것은 간단한 일로 여겨지지만, 스스로 확신이 서기 전엔 굉장히 생소하고 힘겨운 일에 머무른다. 자신을 진정 믿지 않는 사람이라면 '글 쓰는 건 누구나 쓸 수 있는 일이잖아. 그따위는 나도 할 수 있어.' 생각하면서 행동은 그렇지 않을 가능성이 크다.

생각을 글로 옮겼다고 해서 책을 쓸 수 있는 것은 아니지만 작가가 될 가능성이 없는 것과 낮은 것은 전혀 다른 문제이다. 글로 옮긴 이는 책을 쓰겠다는 다짐과 함께라면 언젠가 작가가 된다. 하지만 누군가의 각오와 노력을 콧방귀로 대하는 이들은 '얕은 독서만으로 위안 삼는 독자'로 남을 뿐이다.

유명 유튜버를 보면서 동경하는 이는 많지만, 주위를 둘러보면 그다지 유튜버를 찾아보기가 힘들다. 그 이유가 무엇일까? 촬영기술 수준이 높지 않아서?, 전문 편집 기술이 없어서? 아니다. 유튜버가 되겠다는 다짐을 하지 않기 때문이다.

만약 여러분이 책 쓰기와 작가가 되는 과정에 관심이 있어 이 책을 읽었고, 그 후에도 여전히 작가가 되지 못했다면, 이유는 하나뿐이다. 책을 쓰겠다는 다짐을 하지 않았기 때문이다. 작가가 되겠다는 다짐이 가장 어려운 일이면서도 중요한 일임을 잊지 않길 바란다.

책 쓰기 과정을 운영하는 사람으로서 작가가 되어 더욱 효과적인 수업을 제공하고자, 더 믿음직한 책 쓰기 멘토가 되고자 다짐했다. 아무나 작가가 될 수 있는 것은 아니지만 누구나 작가가 될 수 있다는 신념을 원고에 담았고, 한 장의 원고가 쌓이고 쌓여 이렇게 책이 되었다.

책이 나올 때까지 나의 다짐과 신념을 늘 곁에서 응원해주고 이끌어주신 트윙클컴퍼니 박비주&이정하 대표님, 서지혜 부원장님, 조이쌤께 감사를 표하며, 흔들림 없는 정신적 지주 나의 어머니, 동생에게 감사와 기쁨을 전달하고자 한다. 당신의 믿음이 틀리지 않았음을 증명하였기에 이 순간 느끼는 충만한 행복을 나누고 싶다.

《쫄지마, 책쓰기》는 독자가 작가가 되어가는 과정에 동참하며 느꼈던 많은 경험과 노하우를 담은 '책 쓰기 실전서'다. 여러분이 작가가 되겠다는 다짐을 세우고, 책 쓰기를 실천하고, 노하우를 활용하면서 작가로 거듭나기를 진정으로 바란다.

쫄지마, 책 쓰기!

권말 부록

———

① 따라 하는 책 쓰기
② 교정부호

구차하게 여겨지더라도 꼭 선언서를 먼저 작성하길 바란다. 원고를 쓰는 동안 인쇄해서 항상 옆에 두고, 책 쓰기 의지를 다지자. 지금은 구차할지 모를 이 한 장의 글이 언젠가 작가의 신념이 담긴 명언으로 남을 것이다.

작가 선언서
_____

작가 ○○○은

년 월 일까지《_____》의

원고 작성을 마칠 것을 선언합니다.

책을 통해 _____을

말하고자 하며,

나의 책은 _____하는

영향력을 가지고,

책을 통해 _____라는

자기실현을 이룹니다.

선언 일시   년   월   일

작가   (서명)

따라 하는 책 쓰기 ❷ | 책 쓰기 청사진 바로잡기

'청사진'은 과거 경험과 환경에 의해서 만들어진다. 더 이상 과거에 들었던 말들과 경험했던 것들에 휘둘리지 말고, 성공자들의 책 쓰기 청사진을 참고하며, 나만의 책 쓰기 청사진을 설정하라. 먼저 기존에 자신이 가졌던 청사진을 고백하고, 새로운 청사진으로 수정하자.

예시) 임시완 작가의 책 쓰기 청사진
책 쓰기를 통해 성공의 기회를 얻는다.
독서와 책 쓰기는 삶의 보람을 느끼게 한다.
책을 써서 달라지고자 한다.
작가는 많은 수익화 기회를 얻는다.

기존에 가지고 있었던 책 쓰기 청사진 고백하기
예시) 책을 쓰는 것은 여유 있는 사람이나 하는 일이다.

○○○ 작가의 새로운 책 쓰기 청사진

따라 하는 책 쓰기 ❸ | 출간기획서 작성하기

＊ 육하원칙에 따라 작성하면 기획 방법을 이해하기 쉽다.

먼저 기획서를 작성한 뒤 원고 작성에 들어가면 원고를 끝까지 완성해낼 의지와 동기를 다질 수 있다. 출간기획서 없이 바로 원고 작성을 시작하면 원고를 쓰던 도중 길을 잃을 수 있으니 유의하기 바란다.

＊ 육하원칙 기획서 작성법

1. 왜 (이 책을 쓰는가) – 기획 의도
2. 누가 (읽을 것인가) – 대상 독자
3. 무엇을 (쓸 것인가) – 콘텐츠(주제)
4. 어떻게 (풀어나갈 것인가) – 제목과 목차
5. 언제 (원고를 마감할 것인가) – 목표 기한
6. 어디에서 (팔릴 것인가) – 출간 목표 출판사, 출판 방식

＊ 출간 기획서 작성하기

기획 의도	
대상 독자	
콘텐츠(주제)	
카테고리	
제목	
목차	
목표 출판사	
출판 방식	

따라 하는 책 쓰기 ❹ | 제목 선정하기

* 제목 선정 시 참고하는 10가지 기준
1. 책의 주제가 잘 나타나 있다.
2. 작가의 의도가 표현되어 있다.
3. 독자가 얻을 수 있는 이익을 상기시킨다.
4. 독자의 호기심을 자극한다.
5. 독자가 읽어야 하는 이유를 알려준다.
6. 작가가 책을 쓰고자 하는 의지를 다지게 한다.
7. 더 이상 알맞은 제목을 찾을 수 없다는 확신이 든다.
8. 공감이 가능한 용어와 표현을 사용한다.
9. 내 책의 제목과 유사한 책이 없다.
10. 자신의 콘텐츠(사업, 강연)와 연결이 된다.

* 먼저 10개 이상의 제목을 적어 내린 뒤, 10가지 기준으로 가장 어울리는 제목을 원고의 가제로 선정하자.

제목 후보 10개 선정	
01	
02	
03	
04	
05	
06	
07	
08	
09	
10	

선정 가제	

따라 하는 책 쓰기 ❺ | 센스있는 목차 만들기

1. 목차는 책의 요약본을 만드는 과정이다.
2. 4~6장의 장 제목을 작성한다.
   - 장 제목의 흐름은 의문, 재고, 동기부여, 해결방안 제시, 결론 등의 순으로 전개된다.
3. 꼭지를 구성한다.
   - 각 장 아래 5~8개 사이의 꼭지 제목을 작성한다.
     (책 한 권은 대게 30~40개 사이의 꼭지를 이룬다.)

* **제목을 작성하는 방법.**
하나. 명언, 격언, 경쟁도서를 분석하며 좋은 문장을 뽑아낸다.
둘. 베스트셀러와 스테디셀러의 목차를 살펴보고 목차 구성 감각을 키운다.
셋. 글 전체의 흐름을 담는 요약본을 만든다고 생각하자.
넷. 뽑아낸 문장을 벤치마킹하여 자신만의 문장으로 재구성한다.
다섯. 목차의 모든 제목이 주제를 반영하는지 확인한다.
여섯. 장 제목, 꼭지 제목으로 사용할 만한 구절을 최대한 많이 써두고 여분으로 사용한다.

기획 의도				
1장	장 제목 〈꼭지 제목〉 〈꼭지 제목〉 〈꼭지 제목〉		4장	
2장			5장	
3장			6장	

따라 하는 책 쓰기 ⑥ | 소제목 짓기

'소제목'은 본문에 앞서 사례를 나타내는 문장이나 강조하고 싶은 메시지를 한 구절이나 문장으로 요약한 것이다. 가장 작은 단위의 제목으로 대게 목차에는 기재하지 않지만, 이야기를 이끄는 중요한 역할을 한다.

목차를 이루는 장 제목, 꼭지 제목을 선정한 후 남는 아까운 문구들을 이용해도 좋다.

다음 예시를 통해 소제목이 본문의 내용을 잘 담고 있는지 살펴본 후, 저자가 소제목을 지은 이유를 따져보자. 그리고 본문 내용에 어울리는 소제목을 지어보고 본문과 비교해보아라. 저자보다 훨씬 더 찰떡궁합인 소제목을 지어보길 바란다.

＊예시

> 본문 내용) 작가에 대한 오해. 즉 글을 잘 쓴다는 것이다. 하지만 뛰어난 작가는 '잘 읽히는 글'을 쓰는 것이 핵심이라고 한다. 잘 쓰는 것은 재능으로 충족시킬 수 있지만 잘 읽히는 글은 독자가 좀 더 쉽게 이해시킬 수 있고, 공감을 불러일으킬 수 있을지 고민해보아야만 쓸 수 있게 된다.
>
> 작가가 하고 싶은 말을 서술하는 것은 단지 작가를 위한 책 쓰기가 된다. 읽는 사람의 입장에서 흥미를 느끼도록 만드는 책을 써야 한다. 그렇지 않고 잘 쓴 글에만 치중하게 되면 독자를 고려하지 않고 작가의 필력을 자랑하는 글에 머무를 뿐이다. 독자를 설득하기 위해선 독자가 원하는 바가 무엇일지 생각해보고 글을 써야 한다.
>
> **소제목 〈잘 쓴 글 말고 잘 읽히는 글〉**
> **이유 :** 작가는 글을 잘 쓰는 것이 아니라 독자가 보았을 때 잘 읽혀야 한다는 메시지를 요약하여 제시하였다.

✻ 연습 ①

본문 내용) 오늘날 가장 효과 있는 명함은 책이다. 명함의 형태를 바꿔야 한다. 1인 콘텐츠의 시대가 열렸고 인터넷의 발달로 자신을 검색을 통하여 만나게 해야 한다. 책을 출간하면 여러분의 이름을 인터넷에 쳐보면 저서와 함께 나올 것이다. 또 SNS 나 파워블로거가 저자와 저서를 함께 소개하고 홍보하게 된다. 명함, 이제는 손바닥 만 한 종이가 아닌 책으로 새로운 트렌드를 주도하자! 명함이 꼭 작은 종이로 만들 어져야 한다는 편견을 버리자. 명함이 나를 위해 무엇을 해줄지 먼저 생각하기보다 명함에 나는 얼마나 투자를 했는지 짚어보자.

책이라는 명함은 우리나라에서만 빛나는 것이 아니다. 여러분의 책 한 권은 세계적 인 명함이 된다. 더 이상 식당 추첨통에 넣는 작은 명함을 만들지 말자! 나를 확실 히 표현해주는 최고의 명함을 만들자. 여러분이 투자한 책이라는 명함은 엄청난 효 과를 가져올 것이다.

소제목 〈   〉

이유 :

✻ 연습 ②

본문 내용) 此兩者 同出而異名(차양자 동출이이명) 노자의 도덕경의 한 구절로 '같은 곳에서 나와 다른 이름을 가진다.' 라는 뜻이다. 책을 쓸 때 벤치마킹해야 한다는 말 은 수도 없이 들어보았을 것이다. 벤치마킹은 기존의 것을 분석하여 새롭게 보완하 고 발전시키는 과정을 말한다. 책 쓰기 수업을 진행하는 도중 벤치마킹에 관해 설명 하다 보면 "그게 비슷하게 베끼는 것 아닌가요?"라는 질문을 항상 받게 된다. 하지 만 잘 생각해보라. 벤치마킹은 아무나 할 수 있는 것이 아니다. 모방, 복제와 벤치마 킹을 정확히 구분하지 못한 것에 기인한 의심이다. 벤치마킹은 단순히 '교묘히 베끼 는 것'을 외래어를 이용해 세련되게 포장한 것이 아니다. 책에서 영감을 얻는 것은 당연하다. 이런 식의 갇힌 사고방식이라면 곧 음악을 듣고 영감을 받더라도 음악을 베꼈다고 할 참이다. 벤치마킹은 작가의 의도, 문장의 본질을 정확하게 파악했을 때 에 비로소 가능해진다. 베낀 문장은 어떻게 봐도 티가 난다. 정확한 이해를 바탕으 로 하지 않았기 때문에 감동이 없다. 하지만 벤치마킹을 통한 문장은 형식은 비슷해 보여도 저자의 생각이 철저하게 반영하여 재창조된다.

소제목 〈   〉

이유 :

∗ 연습 ③

본문 내용) 좋은 목차를 만드는 것은 좋은 책을 쓰는 시작점이다. 시작은? 반이다. 책 쓰기의 반을 차지할 만큼 목차 만들기는 중요하다. 원고를 써나가면서 중도에 막막해지는 이유가 바로 이 목차의 중요성에 대해 알지 못하기 때문이다. 탄탄한 목차가 없이 무작정 글쓰기를 시작하면 용두사미가 되어 전체적인 책의 밸런스가 무너지기 마련이다. 서두엔 모든 무기와 필살기를 가진 장군 같은 글을 쏟아내다가 뒤 내용에서는 힘없는 졸개와 같은 의미 없는 문장들의 행렬이 되는 것이다. 자신의 책이 대작이라고 믿으며 힘차게 자판을 두들기다가도 도저히 어떻게 글을 풀어나가야 할지 감이 오지 않는다면 목차가 탄탄하지 않은 것은 아닐까 가장 먼저 의심해야 한다. 책은 A4용지로 약 100여 장을 써나가야 하는 장거리 경주이다. 전쟁에서 승리하기 위해선 필살기를 가진 무장한 두어 명의 대장군이 아니라 장군과 그를 따르는 병사들의 적재적소 배치와 효과적인 전략이 필요하다. 대장군 같은 단락만 이어가다 보면 독자가 책을 읽는데 금방 지쳐버리게 되고 졸개와 같이 임팩트가 없는 내용만 이어지면 흥미를 잃기 쉽다.

소제목 〈   〉

이유 :

∗ 본문의 소제목

1. 명함의 형태가 달라졌다.
2. 베끼는 게 아니라 제대로 파악하는 것이다.
3. 목차가 반이다.

따라 하는 책 쓰기 ❼ | 벤치마킹 : 제대로 훔치기!

'벤치마킹 익히기' 모방은 창조의 어머니다. 하지만 모방에 머무르는 것이 아니라 제대로 훔쳐서 재창조에 이르러야 한다. 이미 성공한 사례가 100% 구색을 갖추었다면, 재창조한 결과물은 기존 대상보다 뛰어난 재구성 과정을 통해 150%, 200% 발휘해야 한다.

벤치마킹은 단지 글쓰기에서만 이용하는 것이 아니라 작가, 성공가의 생활과 철학을 배우는 과정에도 필수적이다. 성공 대상자를 선정하여 그의 습관, 기획력, 철학을 배워 나만의 성공법으로 만들자.

＊**성공 대상자의 여러 요소를 분석해보자.**

성공 대상 분석 요소	
완성 시간	
마케팅 상권, 입지	
성공 대상의 라이벌	
성공 대상의 투자비용 (돈, 시간, 노력)	
성공 대상의 투자비용과 내 투자비용 비교	
성공 대상 경영 조직도, 열정, 마케팅기법	

＊빈칸에 자신만의 분석 요소를 만들어 대상을 분석해보자.

책을 쓰려고 하면 숨이 턱 막히면서 '어떻게 어떤 문장으로 시작해야 할까?', '어떻게 이어나가야 할까?' 고민이 많아진다. 그렇게 시간만 낭비하면 절대 책을 완성할 수 없다.

책을 잘 쓰기 위해서는 한 문장부터 시작해야 한다. 문장 만들기 연습 없이 처음부터 기가 막히고, 마음을 울리는 명품 문장을 만들 수 없다.

명품 문장을 만들기 위해서는 제일 먼저 내 마음을 훑고 지나가는 문장, 뇌리에 꽂히는 문장, 처음 보는 표현 등 하나하나 놓치지 말고 문장 노트를 준비하여 옮겨 적어보고 문장의 단어와 구조를 바꿔가면서 나만의 문장을 만드는 연습을 해야 한다. 보다 책 쓰기는 쉬워지고 속도가 날 것이다.

＊문장 노트 예시

출　처	문　장
《내 몸값 올리는 말하기 기술》	• 강한 사람이 되기보다는 강해보이는 사람이 되자. • "사랑해요."라는 말을 못해 오랜 시간 내 옆을 지켜주던 사랑조차 잃게 된다.
《어쩜 이 모든 게 다 너일까》	• 어쩜 이 모든 게 다 너일까 • 자꾸만 내 위로 떨어지는 네 생각을 피할 수가 없어서 흠뻑 맞고 서 있었어.

문장 노트에 옮겨 적었다면 나만의 문장을 만들기 위해 단어부터 슬쩍슬쩍 바꿔보는 연습을 하면된다.

＊강한 사람이 되기보다는 강해 보이는 사람이 되자

　→ 쎈 사람이 되기보다는 쎄 보이는 사람이 되자

　→ 강한 오너가 되기보다는 강해 보이는 오너가 되자

단어 하나만 바꾸어도 문장의 뜻과 해석의미가 달라지고 방향이 달라진다.

강한 사람이 되기보다는 강해 보이는 사람이 되자.
➔
어쩜 이 모든 게 다 너일까
➔
"사랑해요."라는 말을 못해 오랜 시간 내 옆을 지켜주는 사랑조차 잃게 된다.
➔
자꾸만 내 위로 떨어지는 네 생각을 피할 수가 없어서 흠뻑 맞고 서 있었어.
➔

❖ 실전 | 10가지 좋은 문장 찾아보기

1	
2	
3	
4	
5	
6	
7	
8	
9	
10	

❖실전 | 10가지 문장 단어 바꿔보기

1	
2	
3	
4	
5	
6	
7	
8	
9	
10	

＊ 사업 소개지 만들기

책을 쓰면서 나만의 브랜드를 분명하게 꿈꿨을 것이다.

하지만 무턱대고 브랜드를 만들겠다는 마음가짐으로 시작해서는 브랜드 성공은
어렵다. 책을 써서 1인 창업을 하기 위해선 자신의 브랜드에 대한 체계적인 사업
구성과 계획 전략 등을 기획해야 한다. 나만의 브랜드로 머릿속 얼버무린 생각만
가지고 절대 브랜드를 구축할 수 없다. 따라서 1인 브랜드 창업을 위해선 다음의
과정을 집중해서 따르길 바란다. 퍼스널 브랜드로 1인 창업에 성공한 저자가 알
려주는 브랜드를 구축할 때 꼭 필요한 과정에 대한 꿀팁이 담겨있기 때문이다.

1) 나는 어떤 사람이며, 퍼스널 브랜드에 왜 투자하려고 하는가?

브랜드 창업의 이유와 사업자가 원하는 방향을 목표하고 이룰 수 있는가를 확인
해야 한다. 즉 경제적, 시간적 투자할 만한 가치가 있는지 점검하는 것이다.

예를 들면 '퍼스널 브랜드 관련 성공한 롤모델이 있는가?', '브랜드 가치의 크기
가 또렷하게 보이는가?' 등의 기준이다. 그저 '될 거야.'라는 생각으로 밀고 나가
지 말고, 사업자 자신과 브랜드를 믿는 마음을 바탕으로 정확하고 체계적인 기획
서를 작성하라. 바로 '사업 소개서'이다.

2) 나는 무엇을 할 수 있는가?

브랜드 시장에서 자신이 얻고자 하는 기회와 문제를 마주했을 때 무엇을 할 수 있
고 어떤 역량과 성과를 목표하고 어떤 계획을 수행할 것인지 미리 알아야 한다.

자신이 이미 가지고 있는 수단과 역량을 기술하고, 앞으로 발전하고자 하는 방향
을 계획하면 기회가 오기만을 기다리는 것이 아니라 어떤 상황에서도 기회로 이
어질 수 있는 방도를 찾아낼 것이다. 일어날 수 있는 모든 문제점과 그 해결방법

은 무엇인가, 문제점을 다시 기회로 바꿀 수 있는 플랜B의 수단도 준비해둔다면 천군만마를 가진 것과 다름없다.

3) 어떤 투자 양식을 가질 것인가?

퍼스널 브랜드의 매력과 강점이 존재하더라도 적절한 투자 없이는 사업은 진행, 발전할 수 없다. 따라서 투자 범위와 방향을 설정해두면 추후 투자 자원으로 인해 겪는 문제를 줄일 수 있다.

①금전적 투자의 범위를 설정한다.

-부문별 소요 자금을 정해두면 체계적인 금전 투자 관리가 된다.

②시간적 투자의 범위를 설정한다.

-사업에 최대한 시간을 할애하는 것이 좋다. 하지만 1인 경영가로서 한정적인 시간을 어떻게 분배하여 영리하게 사용할 것인지 계획하지 않으면, 공들여야 할 곳에 공들이지 못하고, 가벼운 일에 지나친 시간 낭비를 하게 된다. 따라서 금전 투자의 범위를 정하는 것 못지않게 시간과 기간을 설정해두고 사업 세부 활동으로 이어나가는 것을 추천한다.

③역량 투자 계획

-자신의 역량을 성장시키기 위해 어떤 노력을 기울일 것인가 고민해보자.

퍼스널 브랜드는 자신의 이름이 바로 브랜드가 된다. 하지만 우리는 1인 창업가로서 모든 부분의 역량을 지닌 상태로 시작할 수 없다. 시행착오도 겪게 되고, 사회적·시대적 흐름, 천재지변 등 많은 외부적 영향까지 감수해야 한다. 따라서 어떤 역량을 키워나가면서 사회에 이바지하고, 가치있는 브랜드를 창출하고, 지켜낼 수 있을지 연구해야 한다.

4) 퍼스널 브랜드가 나와 사업 대상에게 주는 것은?

마지막 질문으로 가장 중요한 과정을 거친다.

퍼스널 브랜드, 나만의 브랜드를 만드는 것은 경제적·시간적 자유의 공존을 꿈꾸며 만든 것이기에 분명한 가치가 회수될 것인지 미리 공고히 점검해두어야 한다.

* 작성하기) 사업 소개지

나는 어떤 사람인가?		
퍼스널 브랜드에 왜 투자하려고 하는가?		
나는 무엇을 할 수 있는가?		
어떤 투자 양식을 가질 것인가?	① 금전적 투자의 범위	
	② 시간적 투자의 범위	
	③ 역량 투자 계획	
나만의 브랜드가 나와 사업 대상에게 주는 것은?		

* 퍼스널 브랜드 창업, 체계적으로 구성하는 6가지 요소

1. 사업 구체적인 구성
2. 공신력이 있는 객관적인 자료와 공신력 있는 정보.
3. 브랜드의 기본, 핵심 강점
4. 돌발상황 대비책 마련
5. 목표 이익의 실현 가능성
6. 자료 및 재료의 구비 재점검

* 작성하기) 퍼스널 브랜드 창업 필수점검 6가지 요소

사업의 구체적인 구성	
객관적인 자료&공신력 있는 정보	
브랜드 핵심 강점	
돌발 발생 대비책	
이익 실현 가능성	
자료 및 재료 구비 체크리스트	

퍼스널 브랜드를 알리는 사업계획서는 향후 시도하고자 하는 사업에 대한 전반적인 계획을 포함한다. 따라서 사업을 하면서 중심을 잡고, 모든 수행에 대한 전반적 지침을 제공해야 한다. 중요한 작업이니 신중히 작성하길 바란다. 또한 퍼스널 브랜드를 구축한 뒤, 외부적 사업에 협력하는 파트너들을 위한 외부적 사업계획서를 준비해두는 것이 좋다. 앞서 작성한 사업 소개지와 필수점검 6요소를 바탕으로 작성하여야 하니 먼저 앞 장으로 돌아가 충실하게 작성한 뒤 다음 사업계획서 작성을 시작하자.

＊사업계획서 작성 꿀팁
①구체적이고 간단명료하게 작성하라.
– 글로만 사업에 대한 구상을 담기보다는 그래프와 도형을 적극 활용하여 시각화시켜라. 더욱 신빙성을 가진 자료로 인식하게 된다.
②브랜드 강점을 처음부터 끝까지 어필하라.
– 자신의 브랜드의 강점을 내세우기 위해선 속한 사업에서 타 브랜드를 면밀하게 분석해야 한다. 타 브랜드를 끌어내리라는 것이 아니라, 자신의 브랜드가 가진 차별화를 강조하기 위함이다.
③객관적이고 공신력 있는 수치와 정보를 제시하라.
– 사업자의 생각과 말에는 그다지 힘이 없다. 목표와 계획, 브랜드의 가치, 결과 수치, 자료를 기반으로 한 사업계획서는 큰 효과를 발휘한다. 고객이 보아도 갖고 싶은 자료를 제공한다면 브랜드의 미래가 밝을 것이다.
④세 번 확인한 계획서도 다시 한번 더 확인하라.
–퍼스널 브랜드의 미래가 담긴 사업계획서는 한치의 오타 수치의 오류도 범해서는 안 된다. 오타나 오류는 내 브랜드에 오류가 있다는 것과 같다.

_____사업 계획서

브랜드명 :

대 표 :　　　　　　　　　　팀 원 :

사업 콘텐츠 계획	
사업 개요	
브랜드 핵심 요소 (비전, 경영 미션)	
시장 환경	
브랜드의 서비스	
마케팅 계획	
사업 운영 계획	
재무계획	
향후 추진계획	

퍼스널 브랜드 사업계획서를 만들었다고 해서 바로 좋은 투자자를 만나게 되고, 자금을 확보할 수 있는 것은 아니다. 이미 시장에 쏟아져 나오는 여러 가지 브랜드들이 얼마 가지 못해 힘을 잃고 쓰러지는 것을 잊지 말아야 한다. 따라서 자신의 브랜드에 대한 체계적이고 구체적인 기획은 필수사항이며, 수많은 고민과 의심을 품어야 한다. 그러고 나서 사업을 시작하면 자기 확신과 함께 끝까지 밀고 나가자. 작가로서 성공적인 브랜드를 구축하기 위해서는 사업 필드 안에서 실제 경험을 쌓으며 온몸으로 스타트업에 종사할 수밖에 없다.

잘 짜인 사업계획, 몸으로 부딪히겠다고 각오한 작가의 마인드가 만들어졌다면 퍼스널 브랜드의 혁신은 화려하게 실현될 것이다. 작가라고 고상하게 책만 내는 시대는 분명히 지났다. 작가를 비롯한 모든 크리에이터는 1인 브랜드 창업자로 사업을 운영하며 가치를 발전해나가며 더욱 윤택한 문화생활을 영위할 수 있는 시대이다. 쫄지 마라. 여러분이 만약 저자가 제공한 부록 〈따라하는 책 쓰기 9과정〉 모두 진정성을 갖고 구상하고 작성하였다면 이미 당신의 책과 브랜드는 단단하게 세상에 선보일 준비가 되어있다.

따라 하는 책 쓰기 ⑩ | 책 쓰기 참고 사이트

1. 사진 저작권 무료 이용 사이트

＊ 픽사베이 (https://www.pixabay.com/)
: 상업적 이용이 가능한 사진, 일러스트, 그래픽 등을 무료로 사용할 수 있다.
출처표기 없이 다운로드가 가능하며 수정, 배포 등이 자유롭다.
한글, 영어 검색이 모두 가능하여 원하는 콘셉트의 사진을 얻기 편리하다.

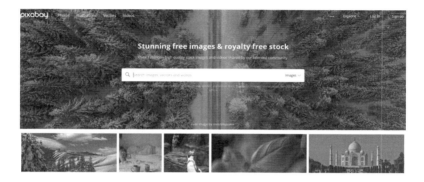

＊ Rgbstock(https://www.rgbstock.com/)
: 전문 사진가가 촬영한 사진이 업로드되며, 타 사이트에 비해 퀄리티가 높은 사
진을 얻을 수 있다. 회원가입이 필수.

2) 그래픽/이미지 제작 사이트

* 미리캔버스 (https://www.miricanvas.com/)

: 여러 템플릿이 무료로 이용 가능하며, 요소들을 조합할 경우 상업적 이용이 가능하다.

* 망고보드https://(www.mangoboard.net/)

: 유료로 이용이 가능한 이미지 제작 사이트, 유료인 만큼 다양한 폰트, 템플릿, 이미지가 제공된다. 여러 요소의 조합에 어려움을 느낀다면, 제공되는 템플릿을 사용할 수 있어 편리하다.

3) 교정작업 도우미

＊네이버 맞춤법 검사기
: 최대 500자까지 한 번에 맞춤법 검사가 가능한 프로그램.
검색 창에서 "네이버 맞춤법 검사기"를 검색하면 이용 가능하다. 하지만 작가의
허용이나 구어체의 완벽한 교정은 불가하므로 추후 검사를 겸할 것을 추천한다.

네이버 맞춤법 검사하기   <u>교정결과 오류제보</u>

맞춤법 검사를 원하는 단어나 문장을 입력해주
세요.

0/500자   **검사하기**

부록 ②
교정부호

교정부호란 | 글을 쓰고나서 퇴고하기 위해 사용하는 기호이다.
원고지를 사용하거나 기존 작성한 원고의 수정 작업을 거칠 시에 사용하기에 미리 알아두면 도움이 된다.
가장 자주 실수하는 부분을 정리해두었으니 책 쓰기에 앞서 한 번쯤 읽어보고 원고 작성에 돌입하길 추천한다.

원고지 교정부호 정리표

∨	띄움표	띄어야 할 곳이 붙어있을 때
⌒ ⌃ ⌄	넣음표, 부호넣음표	글자나 부호가 빠졌을 때
⌐	줄 바꿈표	한 줄로 된 것을 두 줄로 바꿀 때
＞	줄 비움표	줄과 줄 사이에 간격을 넣을 때

⌐	고침표	틀린 글자를 수정할 때
♉	뺌표	필요없는 글자를 없애고자 할 때
=	지움표	필요없는 내용을 지울 때
⌣	붙임표	붙어야 할 곳이 떨어져 있을 때
↰	줄 붙임표	두 줄로 된 것을 한줄로 이어줄 때
∼	자리바꿈 표	단어와 단어의 위치를 서로 바꿀 때
⌐」	오른자리 옮김표	기준선 방향으로 해당 줄을 오른쪽으로 옮길 때
⌐」	내어쓰기	기준선 방향으로 왼쪽으로 옮길 때

책 한 권이라는
자신의 분신을 만들고 1인 창업가로,
1인 경영인으로 살아가라.